George W. Tryon, William Greene Binney, Constantine S.
Rafinesque

The Complete Writings of Constantine Smaltz Rafinesque

on recent & fossil conchology. Edited by Wm. G. Binney and George W.

Tryon Jr

George W. Tryon, William Greene Binney, Constantine S. Rafinesque

The Complete Writings of Constantine Smaltz Rafinesque
on recent & fossil conchology. Edited by Wm. G. Binney and George W. Tryon Jr

ISBN/EAN: 9783337402471

Printed in Europe, USA, Canada, Australia, Japan

Cover: Foto ©Andreas Hilbeck / pixelio.de

More available books at **www.hansebooks.com**

{

THE

COMPLETE WRITINGS

O F

Constantine Smaltz Rafinesque,

O N

RECENT & FOSSIL

CONCHOLOGY.

EDITED BY

WM. G. BINNEY, AND GEORGE W. TRYON JR.,

Members of the Academy of Natural Sciences of Philadelphia.

NEW YORK:

BAILLIERE BROTHERS, 520 BROADWAY.

LONDON : H. BAILLIERE, 219 REGENT STREET.

PARIS : J. B. BAILLIERE, ET FILS, RUE HAUTEFEUILLE.

MADRID : C. BAILLY BAILLIERE, CALLE DEL PRINCIPE.

1864.

CONTENTS.

PREFACE BY THE EDITORS.

The greatest difficulty under which the student of American Conchology labors, is the impossibility of obtaining access to the earlier writings on the subject. To remove this difficulty, a series of Reprints was commenced several years since, by the publication of the Complete Writings of Thomas Say. The present volume offers in an equally accessible form, all the known writings of CONSTANTINE SMALTZ RAFINESQUE. It is believed to contain a re-print of all his contributions to Recent and Fossil Conchology, and fac-similes of all his published figures. It is the result of the research of several years, and contains extracts from works whose titles are not given in any of the Bibliographies, not even the exhaustive one recently published by Carus and Engellman. It must, however, be anticipated, that among the numerous publications of so prolific an author, some additional descriptions of Mollusca may yet come to light.

All the works quoted, have been placed directly into the hand of the compositor, with directions to follow strictly the orthography of the original, a fact which must account for the greater part of the typographical errors which will be found in the work.

In presenting to the public, for the first time, a complete edition of Rafinesque, we forbear to express an opinion on the differences which have unhappily arisen regarding the adoption of many of his generic and specific names.   Where the very highest authorities have differed so much, it would seem presumptuous in us to make a decision.   The numerous valuable writings of our author on terrestrial and marine Mollusca (universally acknowledged as such,) together with the great interest which has been awakened in his descriptions of our Naïades, will doubtless render this volume an acceptable addition to Conchological literature.

WM. G. BINNEY,

GEORGE W. TRYON, JR.

Philadelphia, May, 1864.

LIST OF WORKS CONTAINING THE CONCHOLOGICAL
WRITINGS OF RAFINESQUE.

COMPLETE

· CONCHOLOGICAL WRITINGS

OF

C. S. RAFINESQUE.

[From the "Specchio delle Scienze o Giornale Enciclopedico di Sicilia,"
&c., &c. Tomo Secondo. Numero XI. Palermo. 1 Nov., 1814.]

[153]

Quadro dei Generi di Molluschi pteropodi dei Signori Peron e Lesueur.

L'Ordine dei Pteropodi (*Pleropodia*) stabilito trà la classe dei Molluschi dal celebre Sign. Cuvier con i tre generi *Clio, Hyalea* e *Pneumoderma*, viene adesso accresciuto sino a 10 generi dai Signori Peron e Lesueur e diviso in 4 sezioni; eccone i caratteri essenziali.

PTEROPODI. Corpo libero natante, capo distinto, delle ali, alcune volte un involto testaceo univalve.

I. Nudi e senza e tentacoli.

1. G. *Firola* (Pterotrachea Forsk) 2 occhi, branchie alla base della coda, 3 ale.

[154]

2. *Callianira*, nessun occhio, 3 ale, branchie cilifere, sopra l'ala laterale.

II. Nudi e tentacolati.

3. *Phyllirhoe*, 2 tentacoli, una probiscide, contratibile, 2 occhi, una ala caudale.

4. *Pneumoderma* Cuvier, 2 tentacoli, una probiscide, nessun occhio, due ale laterali al collo, branchie lamellose.

5. *Clio*. Linn. 2 tentacoli, una proboscide, nessun occhio, due ale laterali al corpo, branchie retiformi sopra le ale.

6. *Glaucus* (*Scyllea* Lin.) 4 tentacoli, nessun occhio, sei o otto ale laterali digitate branchiali.

III. Testacei e senza tentacoli.

7. *Cleodora*, 2 occhi, 2 ale laterali, testo cartilaginoso.

IV. Testacei e tentacolati.

8. *Cymbulia*, 2 tentacoli, una probiscide, 2 occhi 3 ale, testo cartilaginoso.

9. *Hyalea* Lamark, 2 ale, ai lati della bocca, nessun occhio, testo convesso sopra un lato, apice tricuspidato.

10. *Carinaria* Lamark, 2 tentacoli, nessun occhio, testo conico compresso, dorso a doppia carena dentata, apice spirulato.

Nota dell' editore. Io hò accresciuto di altri 7 generi nudi, questo ordine di Anamali ; eccone i caratteri essenziali.

Alla prima sezione senza tentacoli, appartengono 4 generi.

1. *Hypterus*, 2 occhi, una probiscide, branchie sotto la coda, un ala sotto il corpo.

2. *Sarcopterus*, nessun occhio, una grande ala orizontale intorno al corpo, una cresta sul capo, branchie lamellose.

3. *Heteroptera*, nessun occhio, molte ale branchiali non digitate ed in numero imparo, le due anterioriori contratibili.

4. *Abretia*, nessun occhio, molte piccole ale branchiali laterali in numero paro, non digitate, nessuna contratibile.

[155]

E tre generi alla seconda sezione, i tentacolati.

5. *Cleniurus*, 2 tentacoli corti ed immobili, 2 occhi, 2 ale branchiali digitate da ogni lato del corpo, un ala longitudinale pectinata da ogni lato della coda.—Oss. Vicino del genere *Glacus*, questo genere con i due precedenti ed il seguente devono formare una famiglia particolare *Pleuropodia*.

6. *Dicroptera*, 2 tentacoli lunghi e mobili, nessun occhio, 2 piccole ale laterali alla coda.

7. *Eione*. Molti tentacoli foliosi intorno della bocca, nessun occhio, 4 ale intorno del corpo, e molte ale o appendici inuguali alla coda.

Tutti questi generi sono del mare Mediterraneo e tirreno, fuorchè il *Cleniurus* che fù ritrovato da me nel mare atlantico.

[From Précis des Découvertes Somiologiques on Zoologiques et Botaniques, p. 28. Palermo. 1814.]
[28.]

7. Classe. Malacosia—Les Mollusques.

67. *Octopus frayedus.* Anténopes égaux, égalant presque six fois la longueur du corps, leur extrémité sans suçoirs, suçoirs alternes, dos rougeâtre.

68. *Octopus didynamus.* Anténopes inégaux, deux plus longs, égalant presque cinq fois la longueur du corps, suçoirs alternes, dos brunâtre·

69. *Octopus heteropus.* Anténopes à peine plus longs du corps inégaux, les deux supérieurs les plus longs, suçoirs alternes, dos rougeâtre.

70. *Octopus ruber.* Anténopes égaux, environ le double du corps, suçoirs alternes, corps entièrement rouge.

71, *Octopus tetradynamus.* Anténopes inégaux alternativement, plus longs, égalant cinq fois la longueur du corps, suçoirs opposés, dos grisâtre.

72. *Octopus moschatus.* Anténopes égaux, égalant quatre fois la longueur du corps, suçoirs opposés, corps blanchâtre.—Obs. J'ai
[29.]
observé en Sicile, rien moins que 6 espèces de ce Genre, confondues sous la désignation d' *Octopus vulgaris* de Lamark et Montfort, j'ai nommé les autres, *O. albus. O. niger* et *O. maculatus* ; l' *O. moschatus* de Lamark est mon *Ozoena moschata.*

XVIII. G. OCYTHOE. 8 Anténopes, les deux supérieurs ailes. intérieurement, à suçoirs intérieurs pedonculés, réunis par l' aile latérale, aucune membrane à la base des anténopes.

73. *Ocythoe tuberculata.* Ventre tuberculé, dos·lisse, anténopes de la longueur du corps, carènés extérieurement, à duex rangs de suçoirs, 8 suçoirs autour de la bouche. Obs. Mes autres nouvelles espèces de la famille *Sepidia* sont, *Sepia mucronata, Loligo lanceolata, L. odagadium, L. todarus, Ozoena aldrovandi, Dictycthis fusca, &c.*

XIX. G. HYPTERUS. Corps gélatineux cylindrinque, bouche à l' extrémité d' une trompe, deux yeux, aile comprimée sous le ventre, appendice lacinié (branchies) sous la queue. Famille *Ptrachidia.*

74. *Hypterus appendiculatus.* Hyalin, deux appendices articulés sous la poitrine et un sous l' aile.

75. *Hypterus erythrogaster*. Hyalin, estomac rouge, points d' appendices articulés.

XX. STEPHYLLA. Corps oblong déprimé, bouche entourée d'une couronne de tentacules laciniés, foliacés, 2 appendices sur la [30.] partie postérieure du Dos (branchies ?) anus postérieur à la droite. Famille *Phyllidia*,

76. *Stephylla pallida*. Dos blanchâtre varié de cendré et de brun, tentacules gris, appendices bruns.

77. *Stephylla lutescens*. Dos jaunâtre tacheté de brun, tentacules noirâtres, terminés de blanc, appendices bruns.

78. *Stephylla fasca*. Brun foncé sans taches, bordé de jaune tentacules et appendices noirs, bordés de blanc.

XXI. G. ARMINA. Corps oblong déprimé, bouche nue retractible, flancs lamelleux, anus à la droite.—Même famille du précédent.

79. *Armina maculata*. Dos roussâtre taché de blanc, deux petits tentacules obovés sur la tête, corps aigu postérieurement.

80. *Armina tigrina*. Dos noirâtre, varié de lignes ondulées blanches, point de tentacules, corps obtus postérieurement.

XXII. SARCOPTERUS. Corps entouré d' une grande aile plane, bouche nue à une crête en dessus, branchies latérales lamelleuses.

81. *Sarcopterus ruber*. Entièrement rouge clair, aile arrondie, entière, corps brun supérieurement.

Obs. J'omets plusieurs espèces Siciliennes de *Laplysia*, *Limax*, *Tethys*. *Doris* &c., et tous les Coquillages, m' appercevant que je commence à dépasser mes limites.

[From "Analyse de la Nature, ou Tableau de l' Univers et des Corps Organises." Palerme, 1815.]

Among the Helmisia or Les Vers, occur the following :

[136.]

III. O. ENDOSIPHIA, Les Endosiphes.

6. Famille. DITREMIA. Les *Ditrèmes*. Fourreau, tube ou coquille à deux ouvertures aux deux extrèmités.

2. S. F. DENTALIA. Les *Dentaliens*. Coquille tubuleuse calcaire. G. 21. *Dentalium* L. 22. *Odorthus* R. sp. do. *Siphodon* R. sp. do. 24. *Asphalium* R. 25. *Nicteis* R.

7. Famille. TREMONIA. Les *Trémoniens*. Fourreau tube ou coquille, à une seule ouverture antérieure.

2. S. F. **ERPULARIA**. Les *Serpulaires*. Coquille tubuleuse calcaire. G. 9. *Diodiphus* R. 10. *Serpula* L· 11. *Spirilum* R. sp. do· 12. *Filigrana* R. sp. do. 13. *Polithalus* R. sp. do. 14. *Spirinea* R. sp. do. 15· *Stenotrema* R. sp. do· 16. *Sipho-* [137.] *nemus* R. sp. do. 17. *Atromopsis* R. sp. do. 18. *Asepis* R. 19. *Spirorbis* Daud. 20. *Codostoma* R. 21. *Exarthria* R. 22. *Vaginella* Daud. 23. *Spiroglyphis* Daud. 24. *Spirographis* Viviani.

X. 8. *Classe.* *APALOSIA*. Les *Mollusques*.

Cette classe fut fondée par Cuvier qui a cru devoir lui assigner sa place immediatement après les Poissons ; mais il suffit de comparer l' organisation des Mollusques avec celle des Crustacés pour s' assurer que ces derniers l' ont plus parfaite sous tous les rapports, et qu'ils méritent d' être placés plus près des Animaux vertébrés ; et après eux doivent nécessairement suivre les Insectes.

L' appareil des articulations internes ou externes cesse entièrement avec la classe précédente, on n' en retrouve plus aucune idée parmi les Mollusques, et à peine quelque légère trace dans la classe suivante.

Ces Animaux possèdent presque toujours une enveloppe testacée calcaire ou coquille, ordinairement externe, tantôt univalve uniloculaire non tubuleuse ou multiloculaire ou spirivalve, et tantôt bivalve, mais très-rarement multivalve, quelquefois cette coquille est interne ; l' étude de ces enveloppes porte le nom de Conchyologie, et elle est [138.] à plusieurs égards plus avancée que celle de leurs Animaux, à cause de sa facilité, quoique son importance soit bien moindre. Dans le cas des espéces fossiles, il ne reste que cette dépouille.

Les Mollusques ont souvent une tête, quelquefois des yeux et des tentacules ; mais ils sont aussi souvent dépourvus de tous ces organes : ils ont tous, un ou plusieurs cœurs uniloculaires ou centres de circulation, des artères, des veines, du sang, des nerfs aboutissant à un cerveau imparfait, et presque toujours des branchies très-diversitiées, aquariennes ou aériennes, externes ou internes ; ils ont enfin une bouche et un anus dont la situation est très-variable.

Leur génération s' opère avec ou sans accouplement, et elle est ovipare ou gemmipare. Ils habitent ordinairement les eaux, quelquefois sur la terre : ils y rampent ordinairement, y nagent quelquefois et sont rarement fixés.

Les principaux auteurs ont qui illustré l'Apologie après Linnéus, sont, Geoffroy, Adanson, Poli, Cuvier, Lamark, Muller, Bruguiere, Bosc, Montfort, Boissy, Péron ... Je vais ausssi y contribuer par mes découvertes, dont je n'ai encore publié qu'une trés-petite partie ailleurs, et dont je reserve les details pour un autre lieu.

· TABLEAU DES ORDRES.

1. Sous-Classe. CEPHADELIA. CEPHADELES. Une tête distincte, ordinairement des yeux et des tentacules ; coquille jamais bivalve.

1, Ordre, CEPHALOPODIA. Les CÉPHALOPODES. Tentacules longs servant des pieds, ordinairement plus de quatre ; ordinairement un test interne ou externe uniloculaire ou multilocaire, à spire nulle ou interne.

[139.]

II. Frdre. PTEROPODIA. Les PTÉROPODES, Tentacules nuls ou courts, 4 au plus, une ou plusieurs nageoires ou appendices natatoires, quelquefois un test univalve externe

III. Ordre. GASTEROPODIA. Les GASTÉROPODES. Tentacules nuls ou courts, 4 au plus, point d'appendices natatoires, corps et dos droit, test lorsqu'il existe externe, ou interne non spirivalve, univalve ou multivalve.

IV. Ordre. SPIRONOTIA. Les SPIRONOTES. Tentacules nuls ou courts, 4 au plus, point d'appendices natatoires, corps ou au moins le dos en spirale, toujours un test externe univalve, uniloculaire, spirivalve à spire saillante ou externe.

2. Sous-Classe. ACEPHALIA, Les ACÉPHALÉS. Point de. tête et point d'yeux, ordinairement une coquille bivalve.

V. Ordre. BIVALVIA. Les BIVALVES. Une coquillé bivalve, point de tentacules.

VI. Ordre. POLETERIA. Les POLÉTÉRES. Des tentacules ou test multivalve ou corps nu sans coquille.

TABLEAU DES FAMILLES ET DES GENRES.

I. O. CEPHALOPODIA. Les Cephalopodes,

1. Sous-Ordre. ANTEPEDIA. Les *Antépé les.* Corps nu à test interne, ou externe, jamais multiloculaire, antenopes ou tentacules en nombre déterminé, deux yeux, bouche en bec.

1. Famille. OCTOPIA. Les *Octopiens.* Corps nu sans test interne ni externe, huit antenopes conformes. G. 1. *Octopus* Lam. 2. *Ozœna* R. sp. do. 3. *Tigrias* R. sp. do. *Ocythoe* R.

2. Famillc. SEPHINIA. Les *Séphiens*. Corps renfermant intérieurement un test ou lame, huit ou dix antenopes, dont deux de [140] forme différente. G. 1. *Sepia* L. Lam. 2. *Loligo* Lam. 3. *Sephinia* R. 4. *Todarus* R. 5. *Dycticthis* R. 6· *Anthronacus*. R.

3. Famille. ARGONAUTEA. Les *Argonautiens*. Corps renfermé dans un test externe et uniloculaire. G. 1. *Argonauta* Lam 2. *Cymbium* R. sp. do. 3. *Nauticon* R. sp. do.

2. Sous-Ordre. POLARNAXIA. Les *Polarnaxes·* Constament un test externe ou interne et multiloculaire, tentacules souvent nombreux, souvent point d' yeux.

4. Famillc. NAUTILIA. Les *Nautiliens*. Test externe, à spire interne soudée, ordinairement tentacules nombreux. G. I. *Nautilus* L. Lam. 2. *Oebalus* R. sp. do. 3. *Orbulites* Lam. 4. *Ammonites* Brug. 5. *Cytonotus* R. sp. do. 6. *Ceramus* R. *Ammonoceratites* Lam. 7. *Planulites* Lam. 8. *Baculites* Lam? 9. *Turrilites* Lam?

5. Famillc. SPIRULARIA. Les *Spirulaires*. Test externe en spirale libre ou sans spire, tentacules souvent determinés. G. 1. *Spirula* Lam. 2. *Spironites* Lam. 3. *Lituolites* Lam. 4. *Belemnita* Lam. 5. *Closterita* R. sp. do. 6. *Ropalita* R. sp. do. 7. *Campytus* R. sp.do. 8. *Pachynus* R. *Hippurites* Lam. *Cornucopia* Thomson. 9. *Orthocera* Lam. 10. *Oblicitus* R. sp. do. 11. *Oblongites* R. sp. do.

6. Famille. NUMMULITIA. Les *Nummulitiens*. Test plane, ordinairement interne ! à spire nulle ou concentrique. G. 1. *Nummulites* Lam. 2. *Cumerina* R. sp. do. 3. *Discolita* R sp. do. 4. *Lenticulina* Lam. 5. *Discorbitus* Lam. 6. *Rotalites* Lam. 7. *Gyrogonites* Lam. 8. *Miliolites* Lam 9. *Renulites* Lam.

II. O. PTEROPODIA. Les Ptéropodes.

7. Famillé. HYALINEA. Les *Hyaliens*. Un test externe, [141] deux ou trois ailes antérieures. G. 1. *Hyalea* Bosc. 2. *Aulisa* R. sp. do. 3. *Thoena* R. sp. do. 4. *Carinaria* Lam. 5. *Cymbulia* Per. 6. *Cleodora* Per.

8. Famille. OLIGOPTERIA. Les *Oligoptères*. Corps nu, deux ou un petit nombre de nageoires ordinairement antérieures, jamais situées latéralement par paires.

1. S. F. FIROLINIA. Les *Firoliens.* Tête sans tentacules. G.
1. *Pterotrachea* Forsk. 2. *Firola* R. sp. do. 3. *Hypterus* R.
4. *Callianira* Per. 5. *Sarcopterus* R.

2. S. F. CLIONIDIA. Les *Clionides.* Tête tentaculée. G. 6.
Clione R. *Clio* Brown. 7. *Amphirea* R. sp. do. 8. *Pneumoderma* Cuv. 9. *Phylliroe* Per. 10. *Dicroptera* R.

9. Famille. PLEUROPTERIA. Les *Pleuroptéres.* Corps
et, plusieurs nageoires ou appendices latérales et longitudinales
situées par paires. .

1. S. F. LERNEIDIA. Les *Lernéides.* Des appendices postérieurement. G. 1.' *Lernea* L. 2. *Dotona* R. sp. do. 3. *Melanippa* R.
sp. do. 4. *Iphitus* R. sp. do. 5. *Zeuxonia* R. sp. do. 6. *Clytiana* R. sp. do. 7. *Eione* R.

2. S. F. PLEUROPIA. Les *Pleuropiens.* Point d'appendices
postérieurement. G. 8 *Blephalum* R. 9. *Triton* L.? 10. *Pleuropus* R. *Scyllea* L. *Glaucus* Lam. 11. *Gomphodelis* R. sp. do.
12 *Cteniurus* R. 13. *Abretia* R. 14. *Heteroptera* R. 15. *Hippothoe* R

III. O. GASTEROPODIA. Les *Gastéropodes.*

10. Famille. LIMAXIA. Les *Limaxiens.* Point de test ni
externe ni interne.

1. S. F. TETHYDIA. Les *Téthydiens.* Point de tentacules. G.
[142]
1 *Tethys* L. 2. *Nereus* R. 3. *Peribea* R. 4. *Agenor* R. *Acera*
Cuv. 5. *Armina* R.

2. S. F. PHYLLIDINIA. Les *Phyllidiens.* Deux tentacules,
branchies lamelleuses. G. 6. *Enipeus* R. 7. *Phyllidia* Cuv. 8.
Pleurobranchus Lam. 9. *Eolia* Cuv.

3 S. F. DORIDIA. Les *Doridiens.* Deux tentacules, branchies
ni. lamelleuses ni cachées. G. 10. *Doris* L. 11. *Cydippa* R. sp.
do. 12. *Stephylla* R. 13. *Euphurus* R. *Tritonia* Lam. 14.
Paralus R. sp. do. 15. *Pherusa* R.

4. S. F. ONCHIDIA. Les *Onchidiens.* Deux tentacules, branchies cachées peu apparentes. G. 16. *Onchidium* Lam· 17. *Dicladus* R. 18. *Amphrisus* R.

5. S. F. LIMACIDIA. Les *Limacides.* Quatre tentacules, branchies cachées peu apparentes. G. 19. *Limax* R. 20. *Limicias* R.
sp. do 21. *Parmacella* Lam.?

11. Famille. LAPLYSINIA. Les *Laplysiens.* Un test interne dorsal convert par la peau.

1. S. F. TETRACEA. Les *Tétracés*. Quatre tentacules. G. 1. *Laplysia* L. 2. *Sympterus* R. 3. *Dolabella* Lam.

2. S. F. SIGARETIA. Les. *Sigarétins*. Deux tentacules. G 4. *Theoris* R. 5. *Sigaretus* Lam. 6. *Phoroneus* R.

3. S. F. BULLINITIA. Les *Bullinides*. Point de tentacules. G. 7. *Bullinia* R. *Bullea* Lam. 8. *Laphyra* R.

12. Famille. PATELLARIA. Les *Patellaires*. Un test externe dorsal et univalve.

1. S. F. HALIOTIDIA. Les *Haliotides*. Test jamais conique, à base légèrement contournée ou un peu en spire. G. 1. *Bullaria* R. *Bulla* L. 2. *Lignaria* R. 3. *Hipponea* R. 4. *Poly'lectus* R. 5. *Conchulus* R. *Concholepas* Lam. 6. *Haliotis* L. 7. *Stoma-* [143] *lia* Lam. 8. *Phymotis* R. *Stomatella* Lam. 7. *Oxynoe* R. 10. *Tylodina* R.

2. S. F. ANCYLIDIA. Les *Ancylides*. Test à base égale ni contournée ni spirulée, et souvent conique ou en bouclier. G. 11. *Testacella* Lam. 12 *Testicina* R. sp. do. 13. *Urcinella* R. sp. do. 14. *Zilotea* R. 15. *Patella* L. 16. *Gaterita* R. sp. do. 17. *Ancylus* Geof. 18. *Mesypea* R. 19. *Mesonotus* R. 20. *Fissurella* Lam. 21. *Dasanus* R. sp. do. 22. *Emarginula* Lam. 23. *Crepidula* Lam. 24. *Hercynia* R. sp. do. 25. *Calyptrea* Lam. 26. *Oscana* Bosc. 27. *Capsalu* Bosc.

13. Famille. CHITONIA. Les *Chitoniens*. Test externe dorsal et multivalve ou articulé. G. 1. *Chiton* L. 2. *Octomeia* R. sp do. 3. *Lophyrus** R. sp. do. 4. *Trichomecus* R. sp. do. 5. *Hyplaxus* R.

IV. O. SPIRONOTIA. Les Spironotes.

Sous-Ordre. ADELOBRANCHIA. Les *Adélobranches*. Branchies peu apparentes, ordinairement en trou, jamais en syphon, quelquefois quatre tentatules : coquille a bouche ni echancrée ni canaliculée·

14. Famille. HELICINIA. Les *Helicines*. Quatre tentacules, point d' opercule. G. 1. *Helix* L. 2. *Periodon* R. sp. do. 3· *Steniola* R. sp. do.. 4. *Vitrina* Drap. 5. *Achatina* Lam. 6. *Succinea* Drap. 7. *Bulimus* Brug. 8. *Puparia* R. *Pupa* Lam. 9. *Amphibulia* R. *Amphibulimus* Lam. 10. *Janthina* Lam.

15. Famille. TROCHINIA, Les *Trochines*. Deux tentacules, point d' opercule.

* In errata this is changed to Arthronotus R. Lophyrus Poll.

B

1. S. F. PLANORBIA. Les *Planorbiens.* Spire roulée sur clle
même. G. 1. Planorbis Geof. 2. Spirorbis R. sp. do. 8.
Platalias R.

2. S. F. TROCHIDIA. Les *Trochidées.* Spire roulée
extérieurement (ou intérieurement), coquille plane, conique ou
pyramidale G. 4. *Planospira* Lam. 5. *Conispira* R. 6. *Trochus* L.
[144]
7. *Solarium* Lam 8 *Eltrostoma* R. sp. do. 9. *Diplicella* R. sp. do.
Pyramidella Lam. .

3. S. F. LYMNIDIA. Les *Lymnides.* Spire roulée extérieurement.
coquille oblongue ou ovale. G. 11. *Tremurus* R. 12. *Lymnea* Lam.
13. *Melanidia* R. *Melania* Lam. 14. *Melanopsis* Lam. 15. *Auricula*
Lam. 16. *Carychium* Mull. 17. *Vertigo* Mull. 18. *Physina* R.
Physa Drap.

16. Famille. NERITINIA. Les *Néritines.* Deux tentacules. un
opercule adhérant au corps. coquille non tubuleuse.

1. S. F. NERITACEA. Les *Néritacées.* Coquille ni conique ni
pyramidale. bouche non arrondie. G. 1. *Ampullaria* Lam. 2. *Colyma*
R. *Helicina* Lam. 3. *Valvata* Mull. 4. *Bolina* R. *Phasianella* Lam.
5 *Natica* Lam. 6. *Nacella* Lam. 7. *Laphrostoma* R. *Neritina* Lam.
8. *Aplodona* R. 9. *Nerita* R.

2. S. F. TURBINACEA. Les *Turbinacées.* Coquille conique ou
Pyramidale à bouche ronde. G. 10. *Cyclostoma* 11. *Juturna* R. sp
do. 12. *Viviparella* R. *Vivipara* Lam. 13. *Praxidice* R. *Del-*
phinula Lam. 14. *Monodonta* Lam. 15. *Pharaonis* R. sp. do. 16.
Turbonus T. *Turbo* L. 17. *Vestiarius* R. sp. do. 18. *Scalaria*
Lam. 19. *Turritella* Lam. 20. *Perforella* R. sp. do.

17. Famille. VERMETINIA. Les *Vermetines.* Deux tentacules,
coquille tubuleuse. G. 1. *Vermetus* Boissy, *Vermicularia* Lam. 2
Siliquaria Lam. 3. *Anthiope* R. 4. *Euphemus* R.

2. Sous-Ordre. SIPHOBRANCHIA. Les *Siphobranches.* Branchies
en syphon ou tube, toujours deux tentacles; coquille échancrée ou
canaliculée à la base.

18. Famille. CANALIFERA. Les *Canalifères.* Coquille à
bouche canaliculée.

1. S. F. MUREXIA. Les *Murexiens.* Bord de la base ou bouche
[145]
non dilatée en aile. G. 1. *Cerithium* Brug. 2. *Saronus* R. sp. do. 3.
Amithaon R. sp. do. 4. *Cassinia* R. *Cassis* Brug. 5. *Vibex* R. sp.
do. 6. *Turbinellus* Lam. 7. *Pleuroma* Lam. 8. *Iœranea* R.

Fasciolaria Lam. 9. *Hallirhea* R. *Pyrula* Lam. 10. *Fusinus* R. *Fusus* Lam. 11. *Murex* L. 12. *Brandaris* R. sp. do. 13. *Poliphonus* R. sp. do. 14. *Phyleris* R. sp. do.

2. S. F. STROMBIA *Les Strombiens.* Bord de la base ou bouche, dilaté en aile latérale. G. 15. *Strombus* L. 14. *Pterocera* Lam. 17. *Rostellaria* Lam.

19. Famille. EMARGINARIA. Les *Emarginaires.* Coquille non canaliculée, à bouche échancrée, à spire roulée en dessus ou supérieure, ordinairement un opercule.

1. S. F. BUCCINIDIA. Les *Buccinides.* Columelle lisse sans plis ni dents. G. 1. *Nassaria* R. *Nassa* Lam. 2. *Purpura* Brug. 3. *Monoceros* Lam. 7. *Buccinum* L. 5. *Eburna* Lam. 6. *Terebraria* R. *Terebra* Brug. 7. *Dolium* Lam. 8. *Harparia* R. *Harpa* Lam.

2. S. F. VOLUTIDIA. Les *Volutides.* Columelle plissée ou dentée. G. 9. *Peristera* R. *Columbella* Lam 10. *Marginella* Lam. 11. *Cancellaria* Lam. 12. *Mitra.cia* R. *Mitra* Lam. 13. *Voluta* L.

20. Famille. INVOLVEA. Les *Enroulées.* Coquille non canaliculée, à bouche échancrée, à spire roulée en dedans ou intérieure, point d'opercule.

1. S. F. CONULIA. Les *Conuliens.* Bouche ou ouverture de la coquille latérale. G. 1. *Anaulax* Boissy. *Ancilla* Lam. 2. *Olivaria* R. *Oliva* Brug. 3 *Terebrina* R. *Terebellum* Lam. 4. *Conulus* R. *Conus* L. 5. *Cylindulus* R. sp. do.

2. S. F. CYPRIDIA, Les *Cypridées,* bouche ou overture longi- [146] tudinale presque centrale ou non totalement latérale. G. 6. *Volvaria* Lam. 7. *Ovula* Brug. 8. *Cyprea* L. 9. *Amathonta* R. sp. do. 10. *Diomphala* R. sp. do. 11. *Numisea* R. sp. do

V. O. BIVALVIA. Les Bivalves.

1. Sous-Ordre. DIPLOPHONIA. Les *Diplophones.* Corps muni d'un pied musculeux et de deux syphons ou tubes.

21. Famille, HYPOGIDIA. Les *Hypogidées,* Corps à manteau fermé par devant, ouvert à une extrémité par où passe le pied et se prolongeant à l'autre en un double syphon : coquille inéquilatérale.

1. S. F. PHOLADARIA. Les *Pholadaires.* Coquille équivalve transverse. G. 1. *Pholas* L. 2. *Petricola* Lam. 3. *Rupellaria* Fleuriau. 4. *Rupicola* Fl. 5. *Saxicava* Fl. 6. *Solenaria* R. *Solen* L. 7. *Strigilaria* R. sp. do. 8. *Sanguinolaria* Lam. 9. *Cyrtodaria* Dand. 10. *Myarina* R. *Mya* L. 11. *Amathusia* R. *Panorpa* Lam. 12. *Anatina* Lam. 13. *Glycimeris* Lam.

2. S. F. PANDORACIA. Les *Pandoracées*. Coquille inéquivalve.
G. 14. *Erodona* Daud. 15. *Pandora* Lam.

22. Famille. VENERIDIA. Les *Vénéridées*. Manteau ouvert
par devant, un pied et deux siphons latéraux : coquille équivalve.

1. S. F. ISOPERIA. Les *Isopériens*. Coquille équilatérale. G.
1. *Ungulina* Daud.? 2. *Lucina* Lam. 3. *Cycladea* R. *Cyclas*
Lam. 4. *Tellina* L. 5. *Bucarda* Brug. *Cerastes* Poli 6. *Isocarda*
Lam. *Psilotus* Poli.

2. S. F. HETEROPERIA. Les *Hétèropèriens*. Coquille inéquilatérale transverse. G. 7. *Venericardia* Lam. 8. *Meretrix* Lam.
(*Cytherea* Lam.) 9. *Venus* L. 10. *Heterocarda* R. *Cardita* Brug.
[147]
Glossus Poli. 11. *Lithocarda* R. sp. do. 12. *Paphia* Lam. 13.
Crassatella Lam. 14. *Mactra* L. 15. *Callista* Poli. 16. *Arthe-
mis* Poli. 17. *Lutraria* Lam. 18. *Capsaria* R. *Capsa* Lam. 19.
Donax Brug. 20. *Peronea* Poli *Tellina* sp. 21. *Hiatella* Daud.
22. *Tridacna* Brug. 23. *Hippopus* Lam. 24. *Trigella* R. *Trigo-
nia* Brug. 25. *Migonitis* R. *Erycina* Lam.

2. Sous-Ordre. ASIPHONIA. Les *Asiphones*. Corps dénué de
syphons ou de pied, manteau ouvert par devant.

23. Famille. PEDIFERIA. Les *Pediferes*, Corps muni d'un
pied rampant, tendineux non byssifère, et dénué de syphons, coquille
equivalve, inéquilatérale transverse. G. 1. *Egeria* Boissy, *Galathea*
Brug. 2. *Unionea* R. *Unio* Brug. 3. *Anodonta* Brug. 4. *Pectun-
culus* Lam. *Axinea* Poli.

24. Famille. BYSSIFERIA. Les *Byssiferes*, Corps muni d'un
pied byssifere, et dénué ordinairement de syphon ; coquille equivalve
ou inequivalve.

1. S. F. PERNARIDIA. Les *Pernarides*. Coquille équivalve,
inéquilatérale transverse. G. 1. *Arcaria* R, *Arca* L, *Daphne* Poli
2. *Pernaria* R, *Perna* Brug. 3. *Vulsella* Lam. 4. *Modiola* Lam.
5. *Loripes* Poli.

2. S. F. MYTILIDIA. Les *Mytilides*. Coquille équivalve, équilatérale longitudinale. G. 6. *Mytilus* L. *Callitriche* Poli 7. *Pinnula*
R. *Pinna* L. *Chimera* Poli 8. *Malleotus* R. *Malleus* Lam.

3. S F. LIMARIDIA. Les *Limaridées*. Coquille inequivalve.
G. 9. *Arcula* R. *Arca* sp. 10. *Cuculina* R. *Cucullea* Lam. 11.
Nucula Lam. 12. *Limella* R. *Lymnea* Poli 13. *Crenatula* Lam.
14. *Avicula* Lam. 15. *Pedinus* R. *Pedum* Lam. 16. *Limaria* R.
Lima 17. *Prognella* R. sp. do.

[148]

25. Famille OSTREACIA. Les *Ostreacées*. Corps dénue de pied et ordinairement de syphon ; coquille inéquivalve.

1. S. F. PECTENIA. Les *Pecténiens*. Un syphon, coquille auriculée. G. 1. *Pectenus* R. *Pecten* Brug. 2. *Spondylus* Lam. *Argus* Poli.

2. S. F. PLACUNIA. Les *Placuniens*. Point de syphon, coquille régulière. G. 3. *Calceolina* R. *Calceola* Lam. 4. *Gryphea* Lam. 5. *Plicatula* Lam. 6. *Placuna* Lam. 7. *Cranicella* R. *Crania* Lam.

2. S. F. ANOMINIA. Les *Anominiens*. Point de syphon, coquille irrégulière, souvent adhérente. G. 8. *Cameola* R. *Chama* L. 9. *Dicerata* Lam. 10. *Corbula* Lam. 11. *Ostrea* L. 12. *Peloris* Poli sp. do. R. 13. *Anomia* L. *Echion* Poli 14. *Etheria* Lam. 15 *Radiolita* Lam. 16. *Acarda* Brug.

VI. O. POLETERIA. Les Polétères.

26. Famille. BRACHIOPEA. Les *Brachiopes*. Coquille bivalve, des tentacules ciliés. G. 1. *Orbicula* Lam. 2. *Terebratula* Lam. 3. *Lingula* Lam.

27. Famille. TEREDARIA. Les *Térédaires*. Coquille trivalve, une valve tubuleuse enveloppant le corps, deux petites à son extrémité, point de tentacules ciliés. G. 1. *Teredo* L. 2. *Fistulana* Lam. 3. *Furcella* Lam.

28. Famille. ASCIDINIA. Les *Ascidinées*. Point de test ou coquille, corps nu, ou renfermé dans un sac, deux overtures.

1. S. F. SCYTINOMIA. Les *Scytinomiens*. Corps coriacé fixé ou pouvant se fixer, rarement aggrégé. G. 1. *Ascidia* L. 2. *Crostoma* R. sp. do. 3. *Phuscaria* R. sp. do. 4. *Scytinoma* R. *Stephastoma* R. 6. *Fodia* Bosc. 7. *Amblodeus* R. 8. *Diplacus* R. 9. *Melanosteum* R ?

[149]

2. S. F. SALPARIA. Les *Salpaires*. Corps Gélatineux nageant ou flottant, souvent aggrégé. G. 10. *Diophthelis* R. 11. *Salpa* L. 12. *Notelis* R. 13. *Sachroa* R? 14. *Hyproctomus* R. 15. *Opiptera* R? 16. *Biphora* Cuv. 17. *Dagysa* L. 18. *Arthromium* R. 19. *Symphoma* R. 20. *Diurichus* R. 21. *Polizoon* R.

En tout 331 Genres.

22 RAFINESQUE'S

[From the American Monthly Magazine and Critical Review, Vol. III, page 354, New York, 1818.]

Discoveries in Natural History, made during a Journey through the Western Region of the United States, by Constantine Samuel Rafinesque, Esq. Addressed to Samuel L. Mitchill, President, and the other Members of the Lyceum of Natural History, in a letter dated at Louisville, Falls of Ohio, 20th July, 1818.

[355]

4. *Conchology or the Shells.* I trust I have discovered likewise the greatest proportion of the shells of the Ohio, having already collected and described over 30 species, the whole of which appear to be new; they consist of 24 bivalve and 8 univalve shells. It is strikingly singular that those shells belong only to 3 genera, that the 24 species of bivalve belong all to a single natural genus; and that those genera are all different from European fluviatile genera, which I have ascertained beyond a doubt by the shells and animals thereof. I shall add the characters of these new genera.

I. POTAMILUS.* Bivalve· Shell equivalve unequalateral, commonly transverse, rugose transversely, sloping posteriorly, shape variable, margin thickened, two muscular impressions, an epidermis surrounding the margin by a membranaceous brim, connective oblong convex membranaceous. Ligament with two teeth on one side, and a deep furrow on the other, between two carina in the left shell, while the right shell has two unequal teeth, and two unequal carinas.

Animal with a mantle open and bilobe, branchias as a second interior mantle, body compressed tough, two openings or siphons . anterior on each side, not tubular, one foot on each side commonly bilamellose, next to the openings.

1. Sub-genus. Shell transverse, not truncated, thick and without knobs; 1. *Potamilus latissimus;* 2. *P. violacinus;* 3. *P. niger;* 4. *P. fasciolaris;* 5. *P. phaiedrus;* 6. *P. ellipticus;* 7. *P. zonalis;* 8. *P. obliquatus.*

2. Sub-genus. Shell transverse, truncated posteriorly, thick and without knobs. 9. *Potam. retusus;* 10. *P. truncatus;* 11. *P. triqueter.*

3. Sub-genus. Shell transverse, thin, not truncated. 12. *P. alatus;* 13. *P. leptodon;* 14. *P. fragilis;* 15. *P. nervosus;* 16. *P. fasciatus;* 17. *P. auratus.*

* If I remember right, this genus is also found in the Hudson river, where 3 or 4 species are to be seen, which have been mistaken for *Mya* or *Cardium.*

4. Sub-genus. Shell transverse, thick, not truncated, knobby or warty. 18. *P. gibbosus ;* 19. *P. verrucosus ;* 20. *P. tubercularis ;* 21. *P. nodosus.*

5. Sub-genus. Shell rounded or longitudinal. 22. *P. pusillus ;* 23. *P. subrotundus ;* 24. *Potamilus obovalis.* Raf.

II. G. PLEUROCERA. Univalve. Shell variable oboval or conical, mouth diagonal crooked, rhomboidal, obtuse and nearly reflexed at the base, acute above the connection, lip and columelle flexuose entire. Animal, with an operculum membranaceous, head separated from the mantle inserted above it, elongated, one tentaculum on each side at its base, subulate acute, eyes lateral exterior at the base of the tentacula. 6 species. 1. *Pl. retusa ;* 2. *Pl. saxatilis ;* 3. *Pl. fasciata ;* 4. *Pl. coneola ;* 5. *Pl. angulata ;* 6. *Pl. turricula.* Raf.

III. G. AMBLOXIS. Univalve. Shell thick oboval, mouth oval, rounded at the base, obtuse above with a thick appendage of the lip, columelle flexuose, a small rugose ombilic. 2 Species, 1 *A. eburnea ;* 2. *A. ventricosa.* Raf.

[From the American Monthly Magazine and Critical Review, Vol. IV, page 39, New York, 1818.]

Farther Account of Discoveries in Natural History, in the Western States, by Constantine Samuel Rafinesque, Esq., communicated in a Letter from that Gentleman to the Editor.

[42]

8. N. G. ELLIPSTOMA. (Univalve Shell. Nat. fam. *Neritinia.*) Shell oval, obtuse, mouth oblique, elliptical entire, thick lips, the inner one plaited, smooth covering the columella and ombilic, decurrent and notched outside the mouth, below the columella. Three species.

8. N. Sp. *Ellipstoma gibbosa.* 4 spires, a large knob behind the outward lip. From the Ohio and Wabash, length half an inch.

9 N. Sp. *Ellipstoma zonalisa.* 3 spires, smooth, 3 transverse, zones violet. Kentucky river.

10. N. Sp. *Ellipstoma rugosa.* 5 spires, smooth, sutures wrinkled. Ohio river.

[106]

General Account of the Discoveries made in the Zoology of the Western States. By C. F. Rafinesque, in 1818.

[107]

8. MOLLUSCA. As many as 25 new genera, and 212 species, (mostly new) have been discovered ; many of which, however, are

fossil shells. They consist in 4 naked mollusca, of the genus *Limax*, 36 fluviatile univalve shells, 34 terrestrial univalve shells, 42 fluviatile bivalve shells, and 70 fossil bivalve shells. Such as—(*these are fossils)—Helix, 4 species ; Planorbis, 2 ; Ancylus, 1 ; Mesomphix, N. G. t. univ. 12 ; Trophodor, N. G. do. 10 ; Triodopsis, N. G. do. 2 ; Stenotoma, N. G. do. 1 ; Toxostoma, N. G. do. 1 ; Xolotrema, N. G. do. 1 ; Aplodon, N. G. do. 1 ; Lymnula, 13 ; Pleurotoma, N. G. fl. un. 12 ; Ellipstoma, N. G. do. 4 ; Bulimus, 1 ; Eurystoma, N. G. fl. un. 1 ; Notrema, N. G. do. 1 ; Ambloxis, N. G. do. 4 ; *Voluta, 2 ; *Solarium, 2 ; *Belemnites, 3 ; *Trochus, 3 ; *Orthocera, 5 ; *Toxerites, N. G. un. 1 ; *Endotoma, N. G. do. 1 ; *Platinites, N. G. do. 1 ; *Trigorima, N. G. do. 1 ; *Euomphalos, 1 ; *Patella, 2 ; *Melanites, 2 ; Mytilus, 1 ; Lepas, 1 ; Potamila, N. G. fl. biv. 34 ; Truncilla, N. G. do. 2 ; Stenodon, N. G. do. 3 ; Pleuroxis, N. G. do. 2 ; *Saconites, N. G. 1 ; *Gryphea, 5 ; *Ostrea, 2 ; *Terebratula, 24 ; *Productus, 15 ; *Spirifer, 2 ; *Tellina, 1 ; *Goniclis, N. G. biv. 2 ; *Cyphoxis, N. G. do. 5 ; *Mogorima, N. G. do. 4 ; *Oxisma, N. G. do. 1 ; *Curvula, N. G. do. 3 ; *Apleurotis, N. G. do. 2 ; *Pachosteon, N. G. do. 1.

[356]

Description of a new Genus of Fluviatile Bivalve Shell, of the family of Brachiopodes ; NOTREMA FISSURELLA ; *in a Letter to Dr. S. L. Mitchill, Prof. of Nat. Hist. &c., New York.*

DEAR SIR :

There is a small family of bivalve shells, which have received the name of Brachiopodes, distinguished by having tentacula. It contained, in my Analysis of Nature and in Cuvier's Regne Animal, only three genera, *lingula, orbicula* and *terebratula,* all maritime ; this last, which is very numerous, particularly in fossil species, has lately been divided by Sowerby, who has established the genera *Productus* and *Spirifer ;* and I have added another fossil genus. *Apleurotis,* distinguished from it by being elongated, obliquated, and auriculated on one side only, in a memoir presented to the Academy of National Sciences of Philadelphia.

In my travels on the Ohio, I have ascertained another genus belonging to that family, which is very similar to the genus *Orbicula ;* but it is fluviatile, and the larger or upper valve is perforated in the middle as in *Fissurella,* and operculated. I have not seen the living animal myself ; but Mr. Audubon of Hendersonville, a zealous observer, has drawn it, and it appears to have a head with two eyes and no tentacula jutting out of the perforation. It would therefore deviate from the character of the family ; it may, probably, at a future period become the type of another ; but the shell is so very similar to *Orbicula* that I unite them now, proposing however for it a sub-family, under the name of *Notremidia*, which may become the family name when other similar genera shall have been detected.

Description.—NOTREMA. Generic character. Fluviatile bivalve shell, inequivalve ; upper valve larger, nearly round, perforated in the middle, opening operculated : lower valve lateral very small inequilateral. Body flat beneath, head in the centre above, retractible, jutting out through the perforation, with two lateral eyes, no tentacula. The generic name means *opening in the back*, in Greek.

Notrema fissurella. Specific character. Upper valve convex with circular wrinkles, and oblique transverse furrows : lower valve flat obovate and smooth ; shell fulvous brown, opening round, operculum round, brown, and shining, head truncate·

Obs. It is found on the rocks of the bottom of the river Ohio, from the falls to the mouth ; it is rare ; diameter about one inch ; it holds on wrecks as the *Patellas* do, and might be mistaken for one at first ; the operculum has a hinge, when the animal wants to protrude the head, it opens it as a valve. This shell might, perhaps, be deemed trivalve on that account.

C. S. RAFINESQUE.

[From "Journal de Physique, de Chimie, d'Histoire Naturelle, etc." Tome LXXXVIII. Paris, June, 1819.]

PRODROME

De 70 nouveaux Genres d'Animaux découverts dans l'intérieur des Etats-Unis d'Amérique, durant l'année 1818 ;

PAR C. S. RAFINESQUE,

Professeur de Botanique et d'Histoire naturelle dans l'Université de Lexington en Kentucky.

VI *Classe. MOLLUSQUES.*

[423]
24. PLEUROCERA. (Spiral.) Coquille ovale ou pyramidale, plusieurs tours en aplomb. Ouverture oblique oblongue, base prolongée tordue, sommet aigu. Lèvre extérieure mince, l'intérieure collée sur la columelle qui est lisse et tordue, sans ombilic. Animal à

opercule membraneux, tête proboscidée, insérée sur le dos, 2 tentacules latéraux, subulés, aigus, yeux à leur base extérieure.—Famille des Néritacées. Genre nombreux ; j'en ai déjà 12 espèces, toutes fluviatiles, des rivières et ruisseaux, ainsi que les genres suivans :

25. OXYTREMA. Différent du *Pleurocera* par test ovale, oblong ou ventru, peu de tours de spire, le premier formant presque le tout ; ouverture aiguë aux deux bouts ; l'antérieur se prolongeant en une longue pointe aiguë. 3 espèces fluviatiles.

26. CAMPELOMA. Test ovale. Ouverture ovale, base tronquée, lèvres réfléchies, flexueuses, unies en pointe postérieurement. Point d'ombilic. Animal inconnu. J'en ai une seule espèce trouvée dans l'Ohio. *C. crassula.* 4 tours de spires contraires, sommet aigu, test épais, ouverture plus de la moitié de la longueur totale.

27. OMPHISCOLA. Différent du *Lymnula* (*Lymnea*, Auct.) par lèvre inférieure détachée de la columelle, avec un ombilic oblong entre elles.—Famille des Lymnidées. Plusieurs espèces fluviatiles ou lacustres.

28. ESPIPHYLLA. Différent du *Lymnula* (*Lymnea* Auct.) par ouverture arrondie, et animal à tentacules claviformes, portant les [424] yeux au bout.—Famille Lymnidée. Une seule espèce, *E. Nympheola,* palustre.

29. LEPTOXIS. Différent du *Lymnula* par test ovale, bombé, à 2 ou 3 tours de spire ; ouverture ovale presqu'aussi grande que le tout, yeux, extérieurs.—Environ 4 espèces fluviatiles, lacustres et palustres.

30. CYCLEMIS. Différent du *Lymnula* par test arrondi, à 2 ou 3 tours de spire légèrement obliques. Ouverture grande, presque ronde. Animal comme dans l'*Espiphylla ?*—2 espèces lacustres, *C. minutissima* et *C. olivacea.*

31. OMPHEMIS. Test ovale. Ouverture arrondie, lèvres détachées, columelle séparée de la lèvre inférieure par un petit ombilic oblong. Spire légèrement oblique. Animal à opercule membraneux, 2 tentacules latéraux aplatis, yeux à leur base extérieure.—Famille des Turbinacées. 2 espèces, *O. lacustris* et *O. phaioxis* qui est fluviatile.

32. LOMASTOMA. Test pyramidal aigu. Ouverture oblongue, base obtuse, sommet aigu, entourée entièrement par une lèvre détachée, marginale, tranchante, laquelle est décurrente et infléchie à la

jonction du sommet. Ni opercule, ni ombilic. Animal inconnu.—
Genre singulier ; famille des Lymnidées? Une seule espèce connue,
L terebrina. Test subulé, lisse, à 4 tours de spire, roussâtre pâle ;
ouverture 1-3 de la longueur totale, largeur 1-3 de la longueur. Très-
rare. Ruisseaux.

33. EUTREMA. Test pyramidal turriculé. Ouverture presque
transverse ovale, à appendice obtus antérieurement. Lèvres réunies,
épaisses, marginées. Animal sans opercule? ni tentacules? 2 yeux
sessiles.—Genre singulier, de famille d·uteuse? Une seule espèce
qui vit sur les rochers de l'Ohio. *E. terebroïdes.* Environ 12
tours de spire, une carène latérale et longitudinale.

34. ELLIPSTOMA. Test épais, ovale, obtus. Ouverture oblique,
rétrécie, elliptique, lèvres épaisses, réunies et décurrentes obtusément
et postérieurement. Un petit ombilic oblong, étroit, à demi-couvert
par la lèvre intérieure. Animal inconnu. Genre fluviatile de 4
espèces, *E. gibbosa, E. villata, E. zonalis,* et *E. marginula.* Dans
l'Ohio, le Mississipi, etc.

N. B.—J'ai découvert en tout près de 60 coquilles spirales d'eau
douce, qui sont presque toutes des espèces nouvelles ; outre
celles qui appartiennent à la série de beaux genres cidessus, les autres
se rangent dans les genres *Ancylus, Planorbis, Lymnula, Ampullaria, Paludina, Vivipara,* etc. : les suivans sont des nouveaux
genres spiraux terrestres.

[425]
35. ODOTROPIS. Différent du genre *Helix* par une dent lamelleuse, ou Carénée sur la spire à l'orifice de l'ouverture, lèvres communément réfléchies, l'intérieure dilatée et couvrant l'ombilic.—Plusieurs espèces s'y rapportent.

36. MESOMPHIX. Différent du genre *Helix* par un grand ombilic en dessous, où la spire est apparente en partie. J'en connois plus
de 10 espèces.

37. TRIODOPSIS. Différent du genre *Helix* par un grand ombilic,
comme dans le genre *Mesomphix,* et en outre, par lèvres épaisses,
ouverture rétrécie par 3 dents, une sur chaque lèvre et une sur la
spire. Plusieurs espèces.

38. XOLOTREMA. Différent du précédent par le défaut d'ombilic
(comme dans le genre *Helix,*) ou un petit recouvert par le bout de
la lèvre. Ouverture transversale linéaire, la dent inférieure devenant
une carène lamelleuse.—2 espèces seulement. *X. lunula* et *X. triodopsis.*

39. CHIMOTREMA. Diffèrent du genre *Helix* par l'ouverture transverse, entière, courbée, semblablé à une simple fente.—Une seule espèce, *C. planiuscula*.

40. TOXOTREMA. Diffèrent du genre précédent par la lèvre émarginée. 2 espèces, *T. globularis* et *T. complanata*.

41. STENOTREMA. Diffèrent des précédens par une lèvre épaisse émarginée, et une seconde lèvre collée sur la spire, se réunissant à la vraie lèvre et avec une carène transversale en dessus. 1 espèce, *S. convexa*.

42. APLODON. Diffèrent du genre *Helix* par bouche arrondie, columelle unidentée et ombiliquée.—Une seule espèce bien remarquable du Kentucky, *A. nodosum*. Trois tours de spire bosselés, légèrement ridés concentriquement en dessous.

N. B.—J'ai observé environ 40 espèces de coquilles spirales terrestres, toutes nouvelles, parmi lesquelles il y a quelques espèces des genres *Helix Pulimus, Cyclostoma*, etc. Les genres suivans sont fossiles, univalves.

43. ENDOTOMA. (Univalve multiloc.) Conique, droite, cylindracée, divisée, intérieurement en plusieurs lignes par une cloison longitudinale et plusieurs transversales.—Je fonde ce genre de la famille des *Orthoceratites* sur une espèce microscopique observée fixée sur une espèce de *Productus* en Kentucky, *E. producti*. Subulée, obtuse, fixée ? grand diamètre 1-6 de la longueur totale, large fente obtuse à la base, surface lisse. Longueur totale 1-8 de pouce.

44. PLATINITES. (Univalve multiloc.) Oblongue, très aplatie, [426] divisée intérieurement en deux loges par une cloison longitudinale opposée à la largeur transversale.—Famille Bélemnites ? *P. striata*. Elliptique obtuse, tronquée antérieurement. Surface à stries longitudinales distantes ; largeur 1-3 de la longueur, longueur 2 pouces. En Kentucky, dans les couches calcaires avec les Térébratules, etc.

45. TOXERITES. (Univalve multiloc.) Cylindracée, courbe ; articulations diagonales. Siphon central, solide, cylindracée.—Famille Orthoceratites. *T. truncata*. Lisse, les bouts tronqués, siphon à foibles côtes obliques. Près de Lexington. 4 pouces.

46. TRIGONIMA. (Univalve multiloc.) Elliptique, déprimée, solide. Base à cavité divisée en 4 par 3 demi-cloisons divergentes et décurrentes.—Affinités douteuses. 2 espèces, *T. nucularis* et *T. amygdaloïdes*.

47. Goniclis. (Univalve.) Différent du genre Patella par forme elliptique, dos à angle longitudinal. 2 espèces, *G. elliptica* et *G. dubia?*

48. Erpilites. (Univalve spirale.) Conique, turriculée ; ouverture obovale, lèvres réunies, columelle flexueuse, lisse, canal obtus très-court.—Famille Buccinides. Ce genre se rapproche de mon *Eutrema* et du *Liguus* de Montfort. Il contient une seule espèce très-abondant (en relief) dans les couches calcaires superficielles de Lexington en Kentucky. *E. carinata.* Cinq tours de spire fortement anguleux, lisses ; sommet obtus.

49. Unio. (Auct.) J'introduis ici ce genre pour observer que j'en connois déjà près de 50 espèces ? habitant la plupart la rivière Ohio, et qui offrent une telle diversité de conformation, que l'on devra en modifier les caractères génériques. Je les divise provisoirement en 8 sous-genres, qui pourront bien constituer des genres particuliers un jour, et dont voici les caractères. 1. Proptera. Valves dilatées antérieurement et plus ou moins ailées supérieurement, axe presque médial, dent lamellaire flexueuse. 4 espèces, *alata, phaiedra, pallida,* etc. 2. Eurynia. Valves oblongues, très-prolongées antérieurement, axe postérieur, dent lamellaire droite. 4 espèces, *latissima, dilatata, solenoïdes,* etc.. 3. Elliptio. Valves elliptiques, axe presque médial, dent lamellaire courbée. Environ 12 espèces. 4. Plagiola. Valves semi-elliptiques, plus ou moins tronquées antérieurement, axe postérieur, dent lamellaire oblique, droite. Plusieurs espèces, *verrucosa, fasciolaris, leptodon, depressa, flava, obliquatus,* etc. 5. Obovaria. Valves obovales ou arrondies, axe presque médial, dent lamellaire oblique. Exemple, *obovalis, sub-*

[427]

rotunda, syntoxis, retusa, crassa, torsa, etc. 6. Truncilla. Valves bombées, tronquées antérieurement. Dent postérieure semi lamellaire dentée, dent lamellaire, oblique, courte, axe presque médial. 2. espèces, *triquetra* et *truncata.* 7. Amblema. Valves non transversales, elliptiques ou obovales, axe basilaire latéral, dent lamellaire oblique. Exemple, *A. ovalis.* 8. Pleurobema. Valves non transversales, alongées, oblongues, base atténuée, axe basilaire latéral, dent postérieure bilobée, dent lamellaire longitudinale, latérale. 2 espèces, *P. mytiloïdes* et *P. conica ?* Presque toutes les coquilles bivalves de l'Ohio, du Mississipi, etc., appartiennent à ce genre ou famille, et aux genres *Anondonta, Mytilus, Cyclas, Alasmodon,* Say.

50. OXISMA. (Biv. Foss.) Différent du genre *Pinnula* (*Pinna*, Auct.) par charnière latérale plissée, membraneuse.—*O. bifida.* Droite, noire, scabre, base tronquée, extrémité bifide ouverte, les deux valves aiguës, plates, on peu anguleuses, vis-à-vis la charnière. —Longueur ¾ de pouce, Muséum de John D. Clifford de Lexington.

51. CURVULA. (Biv. foss.) Différent du genre *Pinnula* par inéquivalve, inéquilatérale et courbée, la grande valve communément anguleuse, latéralement et longitudinalement. Plusieurs espèces, *C. striata, plana, levis, dubia,* etc.

52. CYPHOXIS. (Biv. foss.) Différent du genre *Arca* par valves très-bombées, les sommets basilaires bossus, recourbés, séparés par un grand intervalle ; un sillon oblique, courbé, extérieur, latéral et postérieur.—Plusieurs espèces, telles que *C. venerina, cardites, pulla, lunula,* etc. Dans les couches de grès, de marne, etc.

53. MEGORIMA. (Biv. foss.) Différent des genres *Terebratula* et *Productus,* par valves presque égales, lisses, arrondies, transversales, rétuses, sans auricules, ouverture arrondie ; une grande cavité arrondie, intérieure à la base, séparée en deux par une cloison longitudinale dans une des valves.—Plusieurs espèces, *M. levis, crasta, truncata,* etc.

54. APLEUROTIS. (Biv. foss.) Différent des genres *Terebratula* et *Magas,* par valves inéquilatérales, obovales ou oblongues (non transversales,) striées, la grande valve plus longue à la base, à ouverture arrondie, petite, et à une aile latérale.—Deux espèces de couches calcaires des chutes de l'Ohio, etc. *A. pectenoïdes* et *A. pusilla.*

55. NOTREMA. (Trivalve ? fluviatile.) Test semi-trivalve ?— Valves inégales. Grande valve patelliforme, arrondie, convexe [423] perforée au centre. Seconde valve très-petite, plane, latérale en dessous. Opercule ou troisième valve ! couvrant l'ouverture centrale supérieure, à charnière. Animal mutique, se fixant comme les Patelles, tête sortant par l'ouverture supérieure, alongée, tronquée, à 2 yeux sessiles.—Ce genre contient une seule espèce bien singulière, c'est la première espèce vivante fluviatile approchant de la famille des Térébratules, qui soit, connue. *N. patelloïdes.* Grande valve à sillons concentriques, croisés par des sillons obliques, valve inférieure obovale, inéquilatérale. Cet animal vit sur les rochers de l'Ohio inférieur, comme les Patelles.

56. SACONITES. (Mollusque fossile.) Différent des genres *Ascidia* et *Sachondrus* (*A. saccata*, Auct.) par corps à une seule ouverture, suspendu dans un sac, intérieur rayonnant à axe central.— Animal bien singulier de la famille des *Ascidites S. granularis*. Corps oblong, obtus, amorphe, granuleux, ainsi que l'enveloppe extérieure. Il se trouve souvent amassé, mais séparé, dans le grès calcaire près de Lexington.

[From "Journal de Physique, de Chimie, d'Histoire Naturelle, etc."
Tome LXXXIX. Paris, August, 1819.
[150]

DESCRIPTIONS.

De onze Genres nouveaux de Mollusques, publiés en 1814,

PAR C. S. RAFINESQUE,

Professeur de Botanique et d'Histoire naturelle dans l'Université de Lexington.

(*Note du Rédacteur.*) DANS une Lettre qu'il nous a fait l'honneur de nous écrire de Philadelphie, en date du 15 mai de cette année, M. Rafinesque nous dit : "Comme le 12e et dernier numéro de mon *Journal encyclopédique de la Sicile* n'existe pas à Paris, et qu'il a été presque entièrement détruit dans les deux naufrages successifs que j'ai éprouvés, je vous envoie les caractères de onze genres de Mollusques et de Polypes, parmi les 36 genres nouveaux qu'il contient, en vous priant de vouloir bien les publier de nouveau." C'est ce que nous faisons avec le plus grand plaisir, quoique nous soyons obligés de convenir que pour vouloir peut-être suivre avec trop de rigueur, ce qu'il appelle les principes linnéens de nomenclature, M. Rafinesque nous semble être tombé dans un grave inconvénient, qui consiste à donner si peu de développemens à ses caractères génériques et spécifiques, qu'il et fort difficile de se faire une
[151]
juste idée des animaux dont il parle, et par conséquent de savoir s'ils sont nouvellement mentionés ou non. Nous croyons donc devoir ne pas mériter les reproches qu'il nous fait dans un autre endroit de sa Lettre, quand il dit à l'Ecole françoise tout entière : "Il est bien à regretter que vous oubliiez entièrement en France les principes de nomenclature et de description de Linné (je ne parle pas de son système sexuel), et qu'au lieu de poursuivre le beau plan tracé dans le *Systema naturæ*, vous noyiez les connoissances naturel-

les dans des détails accessoires ou étrangers, et que vous négligiez de nous faire connoitre *toutes les espèces connues ;* en sorte que les observateurs étrangers ne savent très-souvent à quoi s'en tenir. Tantôt ils craignent de publier leurs découvertes qu'ils s'imaginent être en partie connues ; ou s'ils sont plus hardis, ils ne peuvent échapper à un autre inconvénient, qui est de décrire comme nouvelles des espèces qui ne le sont pas.   Mais la faute en est à vous autres, qui ne voulez (ou ne savez) pas nous donner des *synopsis* généraux de toutes les espèces connues en zoologie, comme en Botanique ; Roëmer et Decandolle vous en montrent l'exemple." Mais sans relever cette comparaison, parce qu'il est beaucoup plus difficile de conserver toutes les espèces en Zoologie qu'en Botanique, où l'on peut successivement les voir et les comparer dans les herbiers, la raison pour laquelle aucun zoologiste n'a encore osé essayer de donner un *Systema animalium,* ne tiendroit-elle pas beaucoup plus à ce que plusieurs personnes abusant de ce qu'elles nomment à tort *système linnéen,* se bornant à ne comparer que les espèces qu'elles ont sous les yeux, n'établissent leurs genres et leurs espèces que d'une manière trop brève et trop peu comparative, et par conséquent incompléte ? Il est presque impossible à un homme qui voudroit faire un peu mieux que l'utile Gmelin, d'employer ces matériaux mal préparés, à un édifice un peu solide. Et les matériaux que nous offre M. Rafinesque ne sont-ils pas un peu dans ce cas ? c'est ce qui nous semble malheureusement trop vrai pour les ouvrages que nous connoissons de ce zélé zoologiste, auquel, sans aucun doute, la science doit déjà beaucoup, mais à qui elle devroit bien d'avantage s'il vouloit, réfléchissant que lorsque Linnæus établissoit un genre sur un animal ou un végétal nouveau, il commençoit par le décrire complétement dans quelques dissertations, modifier un peu la rigueur de ses principes linnéens, par l'admission de quelques-uns de ceux de l'Ecole françoise, dont nous lui rappellerons ici les principaux :

[152]

quand on caractérise un genre de Mammifères, on doit surtout faire la plus grande attention au système dentaire en totalité ; d'oiseaux, au bec et surtout au sternum et à ses annexes ; de reptiles, de poissons, aux dents, à l'ouverture des branchies, à la composition de l'opercule et à la forme de la queue ; de Mollusques, à la position, la forme, la nature, des organes de la respiration, la forme symétrique ou'non de la coquille, etc. ; des insectes, au nombre des articulations du corps et de ses différentes parties, au nombre, à la forme, à l'usage de leurs appendices des sens, de la mastication et de la respiration; et enfin dans les actinozoaires, à la forme générale, la nature de l'enveloppe, au nombre et à la structure des tentacules, etc.; s'il vouloit surtout, en peu de mots, rapprocher le nouveau corps organisé, qu'il desire signaler d'un autre parfaitement connu, en donnant les différences avec plus de détails qu'il ne fait, peut-être les travaux de M. Rafinesque, que nous avons été les premiers à faire connoitre en France, seroient-ils plus généralement répandus et par conséquent plus utiles.

Genre 2. OPIPTERA. (Mollusque.) Corps nageant, déprimé, sans tête; une grande aile horizontale postérieurement; deux longs tentacules inégaux, non rétractiles antérieurement; la bouche entre eux.—Il diffère des Mollusques ptéropodes par le manque de tête et de branchies.—1 Espèce O. *bicolor;* hyalin, aile rougeâtre, longueur 2 pouces.*

Genre 4. OXYNOE. (Mollusque.) Corps rampant, à grande coquille dorsale extérieure, pulliforme, à spire simple; ventre ou pied étroit à branchies marginales, striées transversalement; manteau élargi en 2 ailes latérales, 2 tentacules non rétractiles.—Différent du genre *Sigaretus* par la coquille extérieure, etc. 1 *O. olivacea.* Olivâtre, elliptique; tentacules saillans, obtus. Coquille à sommet obtus, évasée.*

Genre 5. TYLODINA. (Mollusque.) Corps rampant, à petite coquille dorsale extérieure, membraneuse, sans spire, ovale, à pointe calleuse, palliliforme. 4 tentacules, les 2 postérieurs éloignés et plus
[153]
grands, branchies dorsales sous la coquille à droite, anus à la droite du cou.—*T. punctulata,* pointillé de brun, tentacules obtus; coquille lisse.

---

* Quoique nous ne puissions guere aire a quel groupe de Mollusques appartient cet animal, nous pouvons assurer qu'il est fort douteux, que les tentacules soient inegaux.

* Le genre Sigaret dont M. Rafinesque rapproche ce genre, en differe beaucoup par la situation et la forme des branchies qui sont omposees de deux peignes inegaux places au-dessus de la racine du dos.

C

[From the 13th Livraison of the Fifth Volume, of the Annales Générales des Sciences Physiques, Bruxelles. Sept. 1820, page 287. The extra copies of this paper, which are usually met with, have a different folio from the original, page 21 corresponding with page 287 of the latter. A reprint of the text and plates of this paper was published in Chenu's Bibliothèque Conchyliologique, Paris, 1845. A translation without the plates was also published by Mr. Poulson, Philadelphia, 1832.]

[287]

MONOGRAPHIE DES COQUILLES BIVALVES FLUVIATILES DE LA RIVIERE

OHIO, CONTENANT DOUZE GENRES ET SOIXANTE-HUIT ESPECES.

Par M. C. S. RAFINESQUE,

Professeur de botanique et d'histoire naturelle à l'Université Transylvane de Lexington.

Les nombreuses coquilles fluviatiles et terrestres de l'intérieur de l'Amérique septentrionale n'avaient pas encore été observées et décrites quand j'entrepris ce travail en 1818 et 1819. Je fus surpris et charmé de découvrir qu'elles étaient presque toutes des espèces nouvelles, et totalement différentes de celles qui habitent les terres atlantiques ; en sorte qu'il parait que la chaine des montagnes Alleghany, qui sépare les deux contrées, forme aussi une ligne de démarcation entre les poissons et les coquilles des eaux du bassin de l'Ohio, et ceux des eaux qui aboutissent à l'Océan Atlantique. Quoique bien éloigné d'avoir épuisé l'étude des coquilles de cette contrée, néanmoins j'y ai déjà observé, recueilli et figuré environ 180 espèces, dont environ 70 univalves fluviatiles, 50 univalves terrestres et 60 bivalves fluviatiles. Ce sont ces dernières que je vais faire connaitre dans cette monographie. Les univalves seront décrites ailleurs ; j'en ai déjà publié plusieurs et particulièrement les nouveaux genres dans mon Prodrome des animaux nouveaux de l'Amérique septentrionale.

La majeure partie des bivalves de l'Ohio, se trouve dans la plupart des rivières qui s'y jettent, telles que le Kentucky, Cumberland, Tennessée, Wabash, Miami, Green, Scioto, Licking, Muskingum, Kenhaway, etc. dont plusieurs sont des rivières considérables de 5 à

[288]

800 milles de cours (ou 2 à 300 lieues). Il reste à vérifier si elles sont communes à tout le bassin du Mississipi, et au Missouri, Arkanzas, etc. Je suis déjà certain que quelques-unes s'y trouvent, et il me parait probable que les coquilles de cet immense bassin doivent

être analogues, quoique plusieurs espèces particulières puissent être par la suite découvertes dans les grandes branches occidentales et méridionales.

Parmi les bivalves de l'Ohio, la plupart des espèces appartiennent au seul genre *Unio*, tel qu'il est énoncé. Un nombre aussi considérable d'espèces, qui quadruple tout d'un coup ce genre, et qui offre des anomalies infinies de forme et de structure, est un fait très-remarquable, qui m'a occasionné des doutes sur l'énonciation des caractères. Frappé d'abord par quelques différences dans les caractères des mollusques qui habitent les coquilles de l'Ohio, j'avais cru y entrevoir une nouvelle famille ou un nouveau genre de bivalves, que je me proposais de nommer *Potamila*. Convaincu par la suite que, nonobstant les légères différences dans l'animal, les coquilles correspondaient entièrement au caractère générique de l'*Unio*, mais en offrant des caractères secondaires bien tranchés, tels que des coquilles transversales ou longitudinales, à formes elliptiques, triangulaires, carrées obovalves, arrondies, etc. et à dent lamellaire horizontale, oblique, verticale, droite, courbe, flexueuse, etc., je proposai de les diviser en 8 sous-genres, dans mon Prodrome de 70 nouveaux genres. Depuis lors, ayant accru mes espèces et vérifié leurs caractères, il me semble convenable d'en former plusieurs genres et sous-genres ; mais pour *complaire* aux naturalistes, qui hésitent dans l'adoption des changemens de nomenclature que les découvertes nécessitent, je donnerai le nom d'*Unio* en second lieu, à toutes mes nouvelles espèces, en leur observant qu'en les admettant toutes dans le genre *Unio*, qui par là deviendra composé de plus de 70 espèces, il faudrait répéter dans l'énonciation des caractères spécifiques, celui des caractères de mes nouveaux genres, ce qui rendrait la définition des espèces longue et prolixe.

[289]

Parmi les *Unio* de l'Amérique septentrionale déjà mentionnés par les auteurs, il y en a un découvert par Michaux fils, dans l'Ohio, et nommé *U. Ohiensis* dans son voyage ; mais comme il n'y est pas décrit, je ne puis pas le rapporter à aucune de mes espèces : d'ailleurs le nom d'*Ohiensis* est très-peu convenable, et il est singulier que Michaux n'ait pu recueillir qu'une espèce dans l'Ohio, où il en existe plus de 50 ! L'*U. caroliana* de Bosc, est décrite incomplètement ; cependant je présume qu'elle n'est identique avec aucune espèce de l'Ohio. Parmi les nouvelles espèces d'*Unio* décrites par

Say dans l'article *Conchology* du dictionnaire de Nicholson, il y en a 4 qui sont de l'Ohio : *U. crassus, U. alatus, U. ovatus* et *U. cylindricus ;* la description du premier comprend évidemment plusieurs espèces, mal à-propos confondues.

Des autres bivalves de l'Ohio appartiennent aux genres *Alasmodon, Cyclas* et *Notrema*, et renferment très-peu d'espèces.

Toutes ces coquilles sont à peine mangeables ; elles ont un goût extrêmement fade et insipide, en sorte qu'on les néglige ; cependant quelques-unes des grandes espèces ont un mollusque appétissant ; la seule manière de rendre ces mollusques propres à la table, consiste à les laisser tremper dans du vinaigre pendant un certain temps ; on peut ensuite les frire ou les confire au vinaigre. Plusieurs poissons s'en nourrissent et surtout l'*Ambloclon grunniens.* Les hérons aussi les mangent à défaut de poisson, et les cochons en sont très-friands ; on les voit très-souvent aller en troupe dans les rivières à leur recherche, et ils les mangent avidement, nonobstant l'épaisse et dure coquille de plusieurs espèces. Les noms vulgaires du pays sont peu variés ; on les confond tous sous les noms de *muscles, clames, box-shells, snuff-box*, etc.

Plusieurs espèces sont ornées de couleurs très-brillantes dans l'intérieur, offrent plusieurs nuances de pourpre, violet, cuivré, nacré, doré, irisé, etc. quoique leur extérieur soit constamment recouvert **[290]** par un épiderme de couleur foncée ou noire, brune, châtaigne, rousse, olivâtre, etc. Plusieurs produisent des perles ou excroissances perlées et colorées, dont quelques-unes sont très-belles ; on pourrait même tirer parti de leur nacre variée. Dans certains lieux, hors de la région calcaire, on les ramasse pour faire de la chaux. Le mollusque est communément blanc, mais quelquefois jaune ou safrané. Il vit très-long-temps.

Famille. PEDIFERIA. Les Pédifères.

Bivalve équivalve inéquilatérale. Mollusque à grand pied comprimé, tendineux non byssifère ; deux siphons très-courts, ou remplacés par deux ouvertures ; anus sous le ligament ; charnière dentée ou lamellée. .

Cette famille comprend toutes les bivalves de l'Ohio, tels que les genres *Unio, Anodonta*, etc. des auteurs, ainsi que mes nouveaux genres démembrés de l'*Unio*. Je la divise en plusieurs sous-familles, dont 5 habitent dans l'Ohio.

I. Sous-famille. UNIODIA. Les Uniodés.

Coquille transverse. Dent bilobée antérieure. Dent lamellaire postérieure, horizontale ou oblique. Sommets un peu obliques. Rides concentriques ou zônales.

1er. Genre. UNIO. Mulette.

Coquille elliptique. Ligament droit. Dent bilobée communément sillonnée. Dent lamellaire horizontale, souvent droite, jamais flexueuse. Axe variable. Contour marginal, presque toujours épaissi. Trois impressions musculaires. Mollusque à grand manteau bilobé, non frangé ; siphons à peine saillans, une appendice plate bilamellaire à côté de chaque siphon ; branchies striées, en forme de second manteau intérieur et bilobé.

C'est ainsi que je définis le groupe auquel je laisse le nom d'*Unio*, parce qu'il parait être le plus nombreux, et se rapprocher de celui à qui l'on a donné ce nom en Europe ; cependant il parait que s'ils [291] sont identiquement congénères, on aurait dû observer les appendices lamellaires des siphons et les branchies striées mantelliformes. Beaucoup d'espèces ont, outre les trois impressions musculaires, une fossule musculaire à l'extrémité de la dent lamellaire, qui, quoique quelquefois confluente avec l'impression solitaire de ce côté, en est souvent distincte. Si ce genre diffère par l'animal, des *Unio* européens, il faudra le nommer *Elliptio*, nom que j'ai appliqué à un de ses sous genres. Je le divise en 4 sous-genres.

1er. Sous-genre. ELLIPTIO. Ellipte.

Test elliptique. Axe extra-médial. Dent sillonnée. Contour épaissi. Ligament corné. Dent lamellaire droite.

1. Espèce. *Unio nigra* (Elliptio nigra). Mulette noire. Pl. LXXX, fig. 1, 2, 3 et 4.*

Ovale-elliptique, peu bombée, à légère troncature angulaire postérieurement ; test épais ; épiderme noirâtre ; nacre rosée ; dent lamellaire épaisse, obtuse, rides légères. Longueur 9-15. Diamètre 6-15. Axe 2-5 de la largeur.

C'est une des grandes espèces de l'Ohio, puisqu'elle parvient quelquefois à 6 pouces de largeur. Sa nacre est belle, quelquefois iridescente, les impressions le sont toujours. La fossule existe dis-

---

* Les dessins nous ayant etc envoyes non colories et les coquilles ne se trouvant pas a notre disposition, nous n'avons pu en rendre les couleurs sur les planches, et le lythographe a du s'astreindre au simple role de copiste.

tinctement. Voici la forme de sa charnière et cette description servira pour toutes les autres espèces. Dent bilobée antérieure, épaisse, triquétre, sillonnée : lobes inégaux, l'antérieur plus petit, dans la valve droite, l'opposé dans la gauche. Dent lamellaire simple dans la valve gauche. Ligament dur presque calcaire, corné extérieurement et convexe. Deux impressions musculaires inégales sous la dent bilobée, la seconde ou inférieure plus petite. La fossule formant une espèce de quatrième impression musculaire entre le

[292]

bout de la dent lamellaire et son impression qui en est détachée. Sommet des valves à épiderme usé, et souvent aussi le test. Ce caractère a été employé par les Conchyologistes comme spécifique ; mais à tort, car il existe dans toutes les espèces, hormis *U. flava, U. viridis*, et les coquilles naissantes ; il est purement accidentel et secondaire, mais inhérent à leur manière de vivre. En ouvrant et fermant ses valves, l'animal est contraint de les faire frotter contre le sable ou le gravier dans lesquels il vit, et il en use graduellement le sommet ; s'il vit dans la boue, ce sommet s'use très-lentement, tandis que parmi les pierres toute la surface des valves devient graduellement usée et cariée. Le contour du bord marginal est au contraire très-entier, et fermé hermétiquement par une prolongation de l'épiderme membraneux et mobile, que l'animal forme par une exsudation de son pied. Aucune partie de la coquille n'est brilliante, hormis dans les vieux individus. Pour compléter la connaissance générale de ces animaux, je vais donner la description et la figure du mollusque de l'*U. nigra*.

Tous les animaux de cette famille n'offrent que de légères différences de couleurs, dimensions et proportions.

Corps blanc ou un peu incarnat (fig. 4). Manteau mince, lisse, tapissant les valves, bilobé et échancré postérieurement, sans franges. Second manteau intérieur, branchial, strié obliquement, mince, bilobé postérieurement, beaucoup moindre que l'extérieur, et enveloppant le pied. Pied comprimé, musculeux, coriace, oblong, dilatable. Bouche antérieure. Anus postérieur, à l'extrémité du ligament. Siphons antérieurs latéraux ; égaux, un de chaque côté, derrière la bouche, en forme de tubercule perforé ; et encore plus en arrière, également de chaque côté, une appendice oilamellaire obtus, à lames inégales, plates, ovales ou oblongues : 1 intérieure plus grande. Ce sont apparemment les organes de la génération. D'après cette des-

cription exacte, et que j'ai vérifiée sur plus de 20 espèces et 300
[293]
individus, on verra qu'il y a une différence notable entre ces mollusques et ceux des *Unio* européens tels qu'ils sont décrits par les
auteurs et notamment par Férussac, *(Essai l'une méthode conchy-
ologique)* qui se pique d'une scrupuleuse exactitude dans l'énonciation des mollusques fluviatiles.

Ces animaux vivent à la surface du lit des rivières, libres et situés
de toutes les manières, sur le côté ou verticalement avec l'ouverture
en haut, en bas ou oblique. Ils savent au besoin s'enfoncer dans le
sable ou la terre, particulièrement en hiver et même en été dans les
petites rivières sujettes à des dessèchemens auxquels ils résistent fort
bien. Ils ont un mouvement progressif très lent, à l'aide de leur
pied qui sillonne lentement le terrain. Ils sont hermaphrodites et
multiplient beaucoup. Leurs œufs sont très-petits, glaireux, souvent
jaunes. Plusieurs jeunes coquilles éclosent dans la coquille de leur
mère.

Cette espèce a deux variétés.

Var. 1. *Fusca.* Epiderme brun foncé ; nacre pâle.

Var. 2. *Maculata.* A taches brunes ; nacre presque blanche.

2. Espèce. *Unio crassa* (Elliptio crassa). Mulette épaisse.

U. crassus. Say Conch. Tab. 1, fig. 8, esp. 1.

Elliptique ; peu bombée ; test très-épais ; épiderme brun ; nacre
blanche; dent lamellaire épasse, obtuse ; rides marquantes. Longueur
2-3, diamètre 1-3, axe 1-5 de la largeur.

Cette espèce est figurée par M. Say sous ce nom ; mais sa description, où, de son propre aveu, il confond plusieurs espèces, ne
vaut rien. Le test est ici encore plus épais que dans la précédente :
du reste, elle lui ressemble beaucoup; la principale différence consiste
dans l'axe plus latéral et le défaut d'inclinaison postérieure. Largeur
de 4 à 5 pouces.

3. Espèce. *Unio viridis* (Elliptio viridis). Mulette verte.

Elliptique, tronquée obliquement postérieurement, peu bombée ;
test peu épais, sommets à rides flexueuses; épiderme lisse, vert-
[294]
olivâtre ; nacre un peu bleuâtre ; dent bilobée comprimée, crénelée,
décurrente. Longueur 5-9, diamètre 7-16, axe 1-3 de la largeur.

Var. 1. *Radiata.* Radiée de jaune pâle.

Var. 2. *Fuscata.* Epiderme brun-olivâtre.

Petite espèce, de la longueur d'un pouce et demi au plus. Rare dans l'Ohio, plus commune dans le Kentuky et les petites rivières adjacentes. Elle a rarement les sommets usés, car ils sont épaissis par des rides flexueuses, remarquables puisque le reste de la coquille est lisse. La dent bilobée est étroite et en devient crénelée, au lieu de sillonnée. Troncature oblique, convexe; impressions peu marquées; fossule nulle; dent lamellaire étroite.

4. Espèce. *Unio fasciata* (Elliptio fasciata). Mulette fasciée.

Elliptique bombée; test peu épais; épiderme peu rugueux, olivâtre, orné de rayons bruns; nacre bleuâtre; dent bilobée rugueuse, divariquée; dent lamellaire carénée. Longueur 2-3, diamètre 1-2, axe 1-3 de la largeur.

Var. 1. *Nigrofasciata*. Raies noires.

Var. 2. *Alternata*. Verdâtre, à rayons vert-noirâtres, alternativement plus larges et plus étroite.

Var. 3. *Cuprea*. Cuivrée à raies olivâtres; nacre blanche-cuivrée.

Jolie espèce qui se rapproche de l'*O. ochraceus* de Say. Ordinairement petite, cependant j'en ai vu de plus de 3 pouces de large. Dans l'Ohio et les rivières Alleghany, Muskingum, Kentuky, Salt, Green, etc. Impressions peu marquées; fossule profonde.

Obs. L'on doit probablement rapporter à ce sous-genre les espèces suivantes des auteurs, et peut-être quelqu'autres encore.

Unio Caroliniana de Bosc.

Unio plicata? de Lesueur. Du lac Erie. Var. d'*U. crassa* Say.

Unio purpurea, de Say. tab. 3, fig. 1, De Pensylvanie.

[295]

Unio aurata, N. Esp. de la rivière Hudson. Elle est elliptique avec la partie postérieure tronquée obliquement; test peu épais; épiderme brun, noirâtre, olivâtre, doré; dent petite, rugueuse. Longueur 4-7, diamètre 2-7, axe 1-4 de largeur.

Unio pictorum, etc., etc., etc.

2me. Sous-genre. LEPTODEA. Leptode.

Dent bilobée entière et lisse: celle de la valve droite simple. Contour non-épaissi. Ligament membraneux. Dent lamellaire légèrement courbée.

5. Espèce. *Unio leptodon* (Elliptio leptodon.) Mulette leptode. Pl. LXXX, fig. 5, 6 et 7.

Elliptique très-comprimée atténuée postérieurement; test mince et fragile un peu rugueux ; épiderme brunâtre ; nacre violacée ; dent biolbée petite, obtuse, lisse, tuberculiforme ; dent lamellaire mince et longue. Longueur 1-2, diamètre 1-6, axe 1-3 de la largeur.

Assez commune dans les parties inférieures de l'Ohio, ordinairement petite, car son test est si fragile, qu'elle devient aisément la proie de ses ennemis : cependant elle parvient quelquefois à 3 pouces de largeur. Les impressions sont peu apparentes fossule apparente confluente. Animal blanchâtre.

Var. 1. *Olivacea.* Epiderme olivâtre.

Var. 2. *Semi-radiata.* Olivâtre à demi-rayons bruns.

6. Espèce. *Unio fragilis* (Elliptio fragilis.) Mulette fragile.

Elliptique, un peu dilatée postérieurement ; test très-mince et fragile, presque lisse ; épiderme olivâtre ; nacre bleuâtre ; dent bilobée lisse, comprimée ; dent lamellaire courte. Longueur 2-3, diamètre 1-3, axe 1-3 de la longueur.

Var. *fuscata.* Brun-roussâtre extérieurement.

Cette espèce ressemble beaucoup à la précédente ; mais elle en diffère par sa forme dilatée, au lieu d'être atténuée ; peu comprimée, bombée, surface presque lisse, etc. Les sommets ne sont pas apparens. L'animal est jaunâtre. Largeur environ deux pouces. Ces deux espèces ressemblent assez extérieurement aux *U. viridis, U.*
[296]
fasciata, U. aurata et U. nasuta, etc., qui ont aussi la coquille fragile ; mais ils s'en distinguent aisément par leurs dents bien différentes ; elles sont lisses, avec la lame un peu courbée, etc.

7. Espèce. *Unio nervosa* (Elliptio nervosa). Mulette nerveuse. Pl. LXXX, fig. 8, 9 et 10.

Elliptique, plus large postérieurement ; test assez mince, couvert de nervures flexueuses, concentriques, vermiculaires, bords ondulés ; épiderme brun ; nacre, bleuâtre. Longueur 2-3, diamètre 2-5, axe 1-3 de la largeur.

Espèce rare et bien distincte. Je l'ai trouvée aux rapides de l'Ohio. Largeur un pouce et demi. Les dents bilobées sont petites, tuberculiformes ; la dent lamellaire étroite courbe, avec les impressions peu apparentes ; le bord marginal est un peu épaissi et ondule ou érodé.

3me. Sous-genre AXIMEDIA. Aximède.

Dent lamellaire un peu courbe ; axe presque médial ; valves presqu'équilatérales.

8. Espèce. *Unio elliptica* (Elliptio elliptica). Mulette elliptique.

Elliptique, partie postérieure angulaire ; test épais, presque lisse , épiderme brun-châtain ; nacre pâle, violacée ; dent bilobée ridée, obtuse : lame obtuse, épaisse. Longueur 3-4, diamètre, 3-8, axe 7-16 de la largeur.

Rare ; vue près de Louisville et de Maysville. Largeur environ deux pouces. Impressions profondes. Valves un peu bombées, à sommets saillans, très-obtus.

9. Espèce. *Unio levigata* (Elliptio levigata). Mulette lisse. Pl. LXXX, fig. 11, 12 et 13.

Elliptique, arrondie, bombée ; test épais, lisse ; épiderme olivâtre ; nacre blanc-bleuâtre; dent bilobée peu ridée, lame courte. Longueur 5-7, diamètre 4-7, axe 7-16 de la largeur.

Petite espèce d'un pouce au plus, qui approche des genres *Rotundaria et Cyclas*. Dans le Kentuky. Sommets arrondis, saillans, usés. La lame est un peu oblique. Cette espèce devrait peut-être appartenir

[297]

au sous-genre *Plagiola* du genre *Obliquaire*.

10. Espèce. *Unio zonalis* (Elliptio zonalis). Mulette zonale.

Elliptique ; test épais, ridé ; épiderme roussâtre à zones brunes ; sommets saillains, bombés. Longueur 3-5, diamètre 2-5, axe 2-5 de la largeur.

Espèce très-rare : vue une seule fois aux rapides de l'Ohio ; largeur au-delà de 2 pouces.

4me. Sous-genre. EURYNIA. Eurynie.

Valves très-transversales ou très-larges. Axe presque latéral. Ligament très-long.

11. Espèce. *Unio dilatata* (Elliptio dilatata). Mulette dilatée.

Elliptique, oblongue, un peu atténuée postérieurement ; test épais, presque lisse; épiderme brun-roussâtre; nacre violette; dents obtuses, épaisses, lame tant soit peu inclinée. Longueur 1-2, Diamètre 2-7, axe 1-4 de la largeur.

Jolie espèce très-commune, à nacre très-belle, souvent à reflets pourpres ou bleuâtres ; largeur 3 à 4 pouces. Elle varie à épiderme brun ou roux, et à nacre plus ou moins foncée ou pâle. Impressions striées ; fossule apparente ; dent bilobée épaisse, rugueuse, lame obtuse. Mollusque jaunâtre.

12. Espèce. *Unio latissima* (Elliptio latissima). Mulette large. Pl. LXXX, fig. 14 et 15.

Elliptique-oblongue, un peu atténuée postérieurement; test épais, lisse ; épiderme noirâtre ; nacre incarnate, contour blanc ; dent bilobée obtuse, ridée, lame carénée, très-droite et très-longue. Longueur 2-5, diamètre 1-4, axe 1-4 de la largeur.

Grande espèce, parvenant quelquefois à 8 pouces de largeur. Elle n'est pas aussi commune que la précédente. Dent un peu trièdre ; impressions lisses ; fossule peu marquée, lame en carène, aiguë, épaisse, horizontale. Mollusque blanc. Une espèce pareille ou voisine se trouve dans le fleuve Susquehannah.

[298]

13. Espèce. *Unio solenoides* (Elliptio solenoides). Mulette solenoide.

Elliptique-cylindracée, amincie, arrondie antérieurement, tronquée, rétuse postérieurement ; test épais, très-bombé, à rides flexueuses postérieures ; épiderme brun olivâtre ; nacre blanche-bleuâtre ; Dent rugueuse, obtuse, lame très-longue, horizontale. Longueur 3-7, diamètre 4-11, axe 3-11 de la largeur.

Très-remarquable. Je l'ai observée dans la partie supérieure de l'Ohio, largeur environ 3 pouces ; sommets saillans ; fossule évidente.

Var. 1. *Interrupta*, à quelques lignes noirâtres, interrompues antérieurement.

Var. 2. *Nodosa*. A quelques nodosités postérieurement.

Var. 3. *Cylindrica*. Say. Conch. esp. 8, tab. 4, fig. 3. Test très-épais ; nacre blanche ; sommets très-grands.

11me. Genre. LAMPSILIS. Lampsile.

Coquille ovale. Ligament courbé. Dent bilobée sillonnée. Dent lamellaire courbée, *flexueuse*. Axe extramédial. Contour marginal épaissi. Trois impressions musculaires.—Mollusque semblable à celui de l'*Unio ;* mais à siphons apparens, courts.

Le nom est modifié de *Lasmacampsilis*, qui signifie lame flexuolée, d'après le caractère essentiel du genre.

14. Espèce. *Lampsilis cardium* (Unio cardium). Lampsile cœur. Pl. LXXX, fig. 16, 17, 18 et 19.

Ovale, élargie et inclinée postérieurement, très-bombée ; sommets saillains, en cœur ; test épais ; épiderme rouxbrun, rugueux, noirâtre postérieurement ; nacre blanche, rosée postérieurement. Longueur 3-4, diamètre 2-5, axe 1-3 de la largeur..

Belle coquille très-bombée ; largeur jusqu'à 6 pouces. Dent

bilobée striée et crénelée ; dent lamellaire comprimée. Mollusque blanc ; les appendices bilamellaires larges ; la lame extérieure plus grande.

15. Espèce. *Lampsilis ovata* (Unio ovata). Lampsile ovale.

[299]

Unio ovatus. Say Conch. esp. 3, tab. 2, fig. 7.

Ovale, régulière, atténuée postérieurement, bombée ; sommets saillans ; épiderme corné, brun sur la dépression postérieure ; nacre blanche ; test peu épais. Longueur 3-4, diamètre 3-10, axe 1-3 de la largeur.

Est-ce une variété de la précédente ? Elle parait en différer principalement par sa forme moins bombée et non dilatée postérieurement.

16. Espèce. *Lampsilis fasciola* (Unio fasciola). Lampsile fasciole.

Ovale, dilatée postérieurement, bombée ; test peu épais ; épiderme olivâtre, à bandes radiées, flexueuses, inégales, verdâtres. Longueur 2-3, diamètre 2-5, axe 1-3 de la largeur. Nacre blanche-bleuâtre.

Rare : espèce vue dans le Kentuky ; largeur 2 à 3 pouces, dent bilobée petite, sillonnée supérieurement, lisse et décurrente inférieurement ; dent lamellaire mince, plissée.*

111ᵐᵉ. Genre METAPTERA. Metaptère.

Coquille ovale, triangulaire, dilatée en aile postérieurement ; ligament incliné sur l'aile. Dent bilobée crénelée. Dent lamellaire courbée, détachée du bord de l'aile. Axe extramédial. Contour à peine épaissi. Trois impressions musculaires.—Mollusque semblable à celui de l'*Unio*.

Le nom signifie aile postérieure ; j'avais d'abord adopté celui de *Proptera*, c'était par erreur, car il eût signifié aile antérieure.

[300]

17. Espèce. *Metaptera megaptera* (Unio megaptera). Metaptère megaptère. Pl. LXXX, fig. 20, 21 et 22.

---

* Les deux especes suivantes que j'ai decouvertes dans le fleuve Hudson, doivent appartenir à ce genre.

Lampsilis rosea. Ovale, dilatee et tronquee obliquement posterieurement ; test epais, ride, olivâtre, noir posterieurement ; nacre rosee ; tres-bombee ; sommets saillaus. Longueur 5-8, diametre 1-2, axe 4-5 de la largeur.

Lampsilis pallida. Ovale, dilatee et arrondie posterieurement ; test epais, a rides eloignees ; epiderme roux-olivatre, a quelques raies brunes, obliques posterieurement ; nacre blanche. Longueur 3-4, diametre 1-2, axe 4-5 de la largeur.

Test mince, comprimé; épiderme brun, flexueusement rugueux; nacre pourprée; aile très-grande, lisse intérieurement; dent lamellaire double dans la valve droite, et à protubérance oblongue à l'extrémité. Longueur 2-3, diamètre 2-9, axe 1-4 de la largeur.

Belle espèce commune dans l'Ohio, à jolie nacre pourprée et iridescente, souvent avec des tubercules perliformes. Dent bilobée à lobes presqu'égaux, lisses extérieurement, crénelés, comprimés, sillonnés, intérieurement; impressions antérieures très-marquées, striées; la postérieure presqu'effacée. Largeur jusqu'à 6 pouces. L' *Unio alatus* de Say. Conch. esp. 7, tab. 4, fig. 2, qui se trouve dans le lac Erie, paraît se rapprocher beaucoup de cette espèce et n'en différer que par son aile rugueuse intérieurement; contour marqué, flexueux; dent lamellaire simple sur la valve droite; longueur 4-5, de la largeur, etc. Il paraît que les deux espèces suivantes de Say devront aussi se rapporter à ce genre; mais il n'indique pas la lame; comme flexueuse

Unio ochraceus. Say Conch. esp. 5, tab. 2, fig. 8.

Unio cariosus. Say Conch. esp. 4, tab. 3, fig. 2.

IVme. Genre. Truncilla. Truncille.

Coquille semi-triangulaire. Axe presque médial. Ligament oblique. Troncature plane, oblique, postérieure. Dent bilobée lisse, denticulée et comprimée. Dent lamellaire comprimée, oblique.—Mollusqe semblable à celui de l'*Unio*?

Le nom dérive de la remarquable troncature oblique, qui est bien plus marquée que dans toutes les autres espèces de cette famille.

18. Espèce. *Truncilla triqueter* (Unio triqueter). Truncille triquêtre. Pl. LXXXI, fig. 1, 2, 3 et 4.

Test peu épais, très-bombé, sommets saillans; forme presque trièdre; face postérieure très-plane, un peu tesselée, verruqueuse; épiderme olivâtre-foncé, rayé de brun antérieurement, bords et rides [301] flexueux au milieu, nacre blanche-bleuâtre. Longueur 2-3, diamètre 1-2, axe 2-5 de largeur.

Espèce très-remarquable et rare, que je n'ai observée qu'aux chutes de l'Ohio; sa forme est si singulière qu'on lui a donné le nom vulgaire et particulier de *Snuffbox*, qui signifie tabatière. Je n'ai pas vu l'animal, que je soup-conne un peu différent de l'Unio. Largeur environ un pouce et demi. Dent lamellaire, courte, large et obtuse. Impressions peu profondes : la postérieure très-grande, occupant presque tout le fond plat de la face postérieure des valves ; fossule presque nulle ; bord du test très-légèrement flexueux.

19. Espèce. *Truncilla truncata* Unio truncata). Truncille tronquée. '

Test peu épais, peu bombé, sommets saillans ; forme un peu équarrie ; face postérieure tronquée ; épiderme olivâtre ; bord et rides flexueux postérieurement ; nacre blanche-bleuâtre. Longueur 4-5, diamètre 8-15, axe 5-12 de la largeur.

Beaucoup plus commune que la précédente, et plus petite, ordinairement d'un pouce de large. Dents larges ; lame tranchante.

Var. 1. *Fusca*. Presqu'entièrement brune.

Var. 2. *Vermiculata*. A lignes flexueuses, brunes, transversales.

Vᵐᵉ. Genre. OBLIQUARIA. Obliquaire.

Coquille variable, souvent à peine transversale et plus ou moins oblique postérieurement. Ligament oblique. Dent bilobée communément sillonnée : dent lamellaire oblique, souvent droite. Axe variable. Contour marginal épaissi. Trois impressions musculaires.—Mollusque semblable à celui de l'*Unio*.

Ce groupe est nombreux en espèces ; il diffère principalement de l'*Unio* ou *Elliptio* par sa forme, par le ligament et la dent lamellaire oblique, etc. Il offre beaucoup d'anomalie et de caractères secondaires, ce qui m'oblige de le diviser en 6 sous-genres.

[302]

1ᵉʳ. Sous-Genre. PLAGIOLA. Plagiole.

Axe extra-médial. Dent lamellaire courbe. Ligament courbe. Forme variable, mais non oblique.

20. Espèce. *Obliquaria decorticata* (U. decorticata). Obliquaire écorchée.

Test arrondi-elliptique, épais et très-bombé, sommets saillans ; épiderme noirâtre presque tout détaché, rides éloignées ; nacre blanche. Longueur 3-4, diamètre 1-2, axe environ 1-3 de la largeur.

J'ai observé cette espèce dans le muséum de M. J. D. Clifford à Lexington ; elle habite dans le Mississipi et apparemment dans la partie inférieure de l'Ohio. Elle a la forme des lampsiles, mais sa dent lamellaire, au lieu d'être flexueuse, est courbée en arc oblique et court. Quoique l'animal fût vivant, presque tout son épiderme était détruit jusqu'à la nacre blanche, et on apercevait aux sommets une nacre intermédiaire lisse, luisante et olivâtre. Les rides étaient profondes et éloignées. Un léger talus oblique postérieurement ; dents très-sillonnées ; impressions très-profondes ; fossule confluente. Largeur au-delà de 4 pouces.

21. Espèce. *Obliquaria interrupta* (U. do). Obliquaire interrompue.

Test ovale-elliptique, peu épais et peu bombé ; épiderme brun-roussâtre, peu ridé, à quelques bandes tranversales noirâtres interrompues ; nacre blanche-bleuâtre. Longueur 5-8, diamètre 1-3, axe 3-8 de la largeur.

Dans le Kentuky et Ohio ; largeur environ 2 pouces ; fossule apparente ; dent lamellaire un peu rugueuse, épaisse, carénée. Sommets non saillains.

22. Espèce. *Obliquaria depressa* (U. depressa). Obliquaire déprimée. Pl. LXXXI, fig. 5, 6 et 7.

Test ovale-triangulaire, épais et très-déprimé ; épiderme ridé, olivâtre-brun, avec des points noirs, linéaires, obliques, épars ; nacre bleuâtre, un peu tronquée postérieurement. Longueur 2-3, diamètre 2-9, axe 1-3 de la largeur.

[303]

Espèce très-rare, que je n'ai vue qu'une fois près d'Evamville en Indiana. J'ai déposé le seul individu que je possède dans le muséum de M. J. D. Clifford à Lexington, avec toutes mes autres espèces. La coquille est presque plate ; largeur 1½ pouce ; fossules apparentes ; dents striées ; lame carénée aiguë. Elle se rapproche du S. G. *Scalenaria*.

23. Espèce. *Obliquaria lineolata* (U. linéolata). Obliquaire linéolée.

Test presque arrondi, épais, peu bombé, un peu tronqué postérieurement ; épiderme roussâtre, peu ridé, à quelques lignes brunes ; nacre blanche. Longueur 4-5, diamètre 1-2, axe 1-3 de la largeur. Sommets un peu saillains.

Aux chutes de l'Ohio ; largeur environ 2 pouces ; portion tronquée postérieure, plane, étroite ; impressions profondes, rugueuses, lamellaires, courtes, épaisses, carénées, rugueuses, presque droites.

2ᵐᵉ. Sous-Genre. ELLIPSARIA. Ellipsaire.

Axe extra-médial ; dent lamellaire droite ; ligament droit ; forme elliptique.

24. Espèce. *Obliquaria ellipsaria* (U. ellipsaria). Obliquaire ellipsaire.

Test elliptique, un angle diagonal postérieur ; épiderme peu ridé, roux-olivâtre ; nacre blanche. Axe presque latéral. Longueur 3-4, diamètre 3-8, axe 1-5 de la largeur.

Var. 1. *Fusoa*. Entièrement brune.

Largeur : environ 5 pouces ; point de fossule. Dans le Kentuky ; elle se rapproche du G. *Amblema ;* ligament horizontal.

25. Espèce. *Obliquaria fasciolaris* (U. fasciolaris). Obliquaire fasciolée.

Test épais, convexe, ovale-elliptique ; atténué postérieurement ; épiderme presque lisse, roussâtre, à bandes obliques brunes ; nacre blanche. Longueur 2-3, axe 1-4 de la largeur.

Var. 1. *Interrupta*. Bandes interrompues.

[304]

Var. 2. *Fuscata*. Presqu'entièrement brune, bandes noires.

Var. 3. *Obliterata*. Bandes presqu'oblitérées, test très-épais.

Var. 4. *Longa*. Longueur 3-4 de la largeur.

Espèce assez commune dans l'Ohio, le Wabash, Kentuky, etc. Elle parait intermédiaire entre l'*U. interrupta* (esp. 21), et l'*U. nasuta* de Say. Son mollusque est blanc, semblable à celui des elliptes. Un caractère remarquable de cette espèce consiste dans la cavité des valves ; elle est munie de quelques rides obliques. Ligament un peu oblique ; sommets épais, mais non saillans ; dents bilobées ridées, épaisses ; lame épaisse, courte ; fossule apparente ; impressions profondes. Largeur jusqu'à 5 pouces.

26. Espèce. *Obliquaria verrucosa* (U. verrucosa). Obliquaire verruqueuse. Pl. LXXXI, fig. 10, 11 et 12.

Test peu épais, elliptique, en talus oblique postérieurement, à rides verruqueuses ; épiderme brun-roussâtre ; nacre blanche. Longueur 2-3, axe 1-3 de la largeur.

Espèce remarquable par plusieurs rangs concentriques de verrues inégales, aplaties, souvent blanches par le frottement. Dans l'Ohio ; largeur 3 pouces ; dent bilobée à un lobe très-gros, ridé, l'autre petit et lisse ; impressions profondes et lisses ; dent lamellaire obtuse ; ligament horizontal.

27. Espèce. *Obliquaria cuprea* (U. cuprea). Obliquaire cuivrée. Pl. LXXXI, fig. 8 et 9.

Test épais elliptique, en talus oblique postérieurement ; épiderme noir presque lisse ; nacre cuivrée. Longueur 3-5, diamètre 5-8, axe 1-3 de la largeur.

Très-jolie espèce de 2 pouces de large, à nacre singulière, à teinte incarnate brunie presque cuivrée, et à reflets pourprés. Je l'ai trouvée dans le Monongahela et le Potowmak ; lame courte ; pointe de fossule ; dents peu ridées ; ligament horizontal.*

[305]

3ᵐᵉ. Sous-Genre. QUADRULA. Quadrule.

Forme écarrie mais arrondie antérieurement, à peine tranversale.

28. Espèce. *Obliquaria flava* (U. flava). Obliquaire jaune. Pl. LXXXI, fig. 13 et 14.

Test peu épais, convexe en talus postérieurement ; sommets un peu saillans, entiers, rugueux ; épiderme presque lisse, brun jaunâtre; nacre incarnate. Longueur 5-7, diamètre et axe 2-7 de la largeur.

Belle espèce, qui ne se trouve que dans les petites rivières se jetant dans le Kentuky, Saltriver et Greenriver. Largeur 2 à 4 pouces. Le mollusque est jaune foncé ou orangé, à grand pied circulaire; du reste semblable à celui de l'*Ellipta*. La coquille est presque jaune dans sa jeunesse ; lame carénée mince ; dents striées de toutes parts; ligament oblique, voisine de l'*U. lineolata*, qui peut-être doit se placer ici.

29. Espèce. *Obliquaria cyphya* (U. cyphia.). Obliquaire cyphie.

Test épais bombé, bosselé, bord flexueux, en talus postérieurement; épiderme brun-châtain ; tubercule à rides flexueuses; nacre blanche. Longueur 8-9, diamètre et axe 5-9 de la largeur.

Largeur 2 à 3 pouces ; test plus épais antérieurement, à grosses rides et à quelques tubercules oblongs ; une grosse bosse oblique longitudinale ; dents épaisses striées. Aux chutes de l'Ohio.

---

* *L'Unio nasuta* de Say, Conch. tab. 4, fig. 1, paraît devoir appartenir a ce sous-genre, et l'espece suivante que j'ai observée dans le fleuve Hudson, etat de New-York, s'en rapproche beaucoup. En est-ce une variete?

Obliquaria attenuata. Elliptique, dilatée, attenuée, et en talus posterieurement. Ligament horizontal ; epiderme rugueux, brun foncee ; nacre rose-pale. Longueur 1-2, diametre 1-4, axe 1-4 de la largeur. Environ 4 pouces.

D

30. Espèce. *Obliquaria metanevra* (U. metanevra). Obliquaire metanèvre. Pl. LXXXI, fig. 15 et 16.

Test épais bombé, bosselé, à deux sinus marginaux : un postérieur et un terminal, en talus et nervé postérieurement ; épiderme ridé,

[306]

brunâtre, à taches noirâtres ; nacre incarnate. Longueur 4-5, diamètre 7-10, axe 4-10 de la largeur.

Petite espèce rare ; n'ayant guères plus d'un pouce de largeur ; dans le Kentuky ; test aminci postérieurement ; nervures courbes obliques sur le bord dilaté, postérieur ; une ou deux bosselures sur l'élévation oblique ; lame courte et large ; dent striée ; fossule nulle.

31. Espèce. *Obliquaria reflexa* (U. reflexa). Obliquaire réfléchie.

Test épais, convexe, bosselé, presqu'arrondi, tronqué postérieurement, borde inférieur réfléchi avec un sinus postérieur ; épiderme roussâtre, presque lisse, rugueux postérieurement ; nacre blanche, iridescente. Longueur 5-6, diamètre 2-3, axe 5-12 de la longueur.

Largeur un pouce et demi ; test aminci postérieurement ; deux bosselures sur l'élévation médiale ; son bout réfléchi ; rides éloignées, flexueuses, en forme de sutures ; lame alongée, carénée, très-légèrement courbée ; dent très-striée ; fossule apparente. Dans le Kentuky et aux rapides de Letart. Peut-être appartient-elle au S. G. *Rotundaria ?*

32. Espèce. *Obliquaria retusa* (Unio retusa). Obliquaire rétuse. Pl. LXXXI, fig. 19 et 20.

Test épais, convexe, sans élévations, à léger sinus terminal ; épiderme olivâtre, à rides légères, distantes ; nacre blanchâtre. Longueur 7-8, diamètre 3-8, axe 1-3 de la largeur.

Petite espèce d'un pouce ou deux de large ; rare ; dans l'Ohio et le Kentuky. Lame courte, carénée ; fossule non-apparente.

33. Espèce. *Obliquaria flexuosa* (Unio flexuosa). Obliquaire flexueuse.

Test épais, à deux légères élévations et une large dépression plate entr'elles, en talus postérieurement ; épiderme brun-jaunâtre, linéolé de brun à la base, à rides flexueuses, un peu striées ; bord flexueux ; nacre bleuâtre. Longueur 6-7, diamètre 3-7, axe 3-7 de la largeur.

[307]

Dans le Kentuky, Salt-river et Green-river. Largeur environ deux pouces ; lame courte, presque doublée même dans la valve droite ; fossule apparente ; dent lamellaire petite, striée ; impressions profondes.

Var. 1. *Bullata*. A quelques tubercules larges, plats et transversaux sur les élévations.

34. Espèce. *Obliquaria nodulata* (Unio nodulata). Obliquaire nodulée, Pl. LXXXI, fig. 17 et 18.

Test épais, bombé, nodulé, en talus postérieurement et tronqué verticalement ; des tubercules linéaires longitudinaux sur la dilatation postérieure ; épiderme presque lisse, brun-roussâtre ; nacre iridescente. Longueur 11-12, diamètre 2-3, axe 1-3 de la largeur.

Largeur un pouce et demi ; dans le Kentuky ; quatre nodosités distantes ; dent bilobée, épaisse, striée ; impressions profondes ; lame carénée. Elle ressemble à l'*O. retusa*, toutes deux ont la lame tant soit peu courbe.

35. Espèce. *Obliquaria quadrula* (Unio quadrula). Obliquaire quadrule.

Test très-épais, un peu bombé, à élévation longitudinale oblique, à sillon oblique et sinus postérieurement ; épiderme brun, ridé : rides striées et tuberculées antérieurement ; nacre blanche, rosée sur les bords. Longueur 6-7, diamètre 4-7, axe 1-4 de la largeur.

Largeur 2 à 3 pouces ; assez commune dans l'Ohio ; quelques tubercules oblongs transversaux sur l'élévation ; test un peu sinué en face ; lame courte, épaisse, carénée, striée ; fossule confluente ; dent grande, striée ; sommets tronqués.

36. Espèce. *Obliquaria bullata* (U. bullata). Obliquaire bullée.

Test épais, convexe, peu bombé, à sillon oblique et sinus postérieurement, parsemé de tubercules irréguliers, confluens ; épiderme roussâtre, à rides flexueuses, distantes ; nacre blanche, incarnate. Longueur 11-12, diamètre 2-3, axe 1-3 de la largeur.

[308]

Aux chutes de l'Ohio, rare ; largeur un peu moins de 2 pouces ; dents et lames comme au précédent ; sommets arrondis, usés, mais non tronqués ; les tubercules sont souvent usés et blanchis, aplatis, pustulés, de forme variable.

4ᵐᵉ. Sous-genre. ROTUNDARIA. Rotundaire.

Forme arrondie, à peine transversale, presque équilatérale, axe presque médial; ligament courbe, court, corné; dent lamellaire, légèrement courbée; dent bilobée à peine antérieure.

37. Espèce *Obliquaria tuberculata* (U. tuberculata). Obliquaire tuberculée.

Test très-épais, bombé, un peu tronqué postérieurement, parsemé de tubercules inégaux, hormis antérieurement; épiderme ridé, brun-châtain; nacre violacée. Longueur 10-11, diamètre 6-11, axe 5-11.

Très-commune dans l'Ohio et les rivières adjacentes. Largeur 3 pouces au plus. Mollusque jaunâtre; dent épaisse, très-rugueuse; lame courte, carénée; fossule confluente; impressions profondes. Elle varie à nacre bleuâtre ou pourpre-foncé.

38. Espèce. *Obliquaria subrotunda* (U. subrotunda). Obliquaire arrondie. Pl. LXXXI, fig. 21, 22 et 23.

Test épais, bombé, convexe, parfaitement arrondi; épiderme presque lisse, brun fauve; nacre blanche-bleuâtre. Longueur presqu'égale, diamètre 3-4, axe 7-16 de la largeur.

Var. 1. *Maculata*. Parsemé de taches noirâtres.

Espèce très-commune dans l'Ohio et toutes les rivières qui s'y jettent; remarquable par sa forme presqu'équilatérale, et nullement transversale; sommets saillans, arrondis; dents épaisses, sillonnées; lame carénée, courte, un peu, pointillée; fossule confluente; impression antérieure, pointillée.

39. Espèce. *Obliquaria pusilla* (Unio pusilla). Obliquaire petite.

Test épais, convexe, parfaitement arrondi; épiderme lisse, noirâtre;

[309]

nacre blanche. Longueur 6-7, diamètre 2-7, axe 3-7 de la largeur.

Très-rare; dans la partie inférieure de l'Ohio. Largeur: guères plus d'un demi-pouce; forme et apparence d'un Cyclas; dents presque lisses; lame linéaire. Est-ce un jeune individu?

5ᵐᵉ. Sous-genre. SCALENARIA. Scalénaire.

Forme triangulaire oblique, à peine transversale, mais très-inéquilatérale; axe presque latéral; dent bilobée à peine antérieure; dent lamellaire droite; ligament oblique.

40. Espèce. *Obliquaria obliquata* (U. obliquata). Obliquaire obliquée.

Test très-épais, bombé, ovale-triangulaire ; les trois côtés arqués ; une légère dépression longitudinale oblique ; épiderme presque lisse, noir ; nacre rose pourprée. Longueur 9-10, diamètre 6-10, axe 2-10 de la largeur.

Jolie espèce, à belle nacre pourprée, à reflets iridescens. Dans le Kentuky. Largeur 2 à 3 pouces ; lame longue, carénée ; fossule grande, distincte ; dents ridées ; impressions profondes ; sommets saillans, tronqués.

41. Espèce. *Obliquaria triangularis* (U. triangularis). Obliquaire triangulaire.

Test très-épais, bombé, triangulaire ; face postérieure droite ; sommets saillans ; point de dépression longitudinale ; épiderme brun, presque lisse ; nacre blanche-rosée. Longueur 3-4, diamètre 1-2, axe 1-6 de la largeur.

Var. 1. *Nigrescens*. Epiderme noirâtre ; nacre blanche.

Commune dans l'Ohio ; largeur jusqu'à 4 pouces ; dents très-grosses, sillonnées ; lame grosse, carénée ; impression et fossule profondes.

42. Espèce. *Obliquaria scalenia* (U. scalenia). Obliquaire scaléne. Pl. LXXXI, fig. 24 et 25.

Test épais, bombé, triangulaire ; les côtés presque droits, surtout le postérieur qui est tronqué ; angles arrondis point de dépression ; [310] épiderme lisse, roussâtre, à quelques lignes longitudinales obliques brunes ; nacre blanche. Longueur 7-9, diamètre 5-9, axe 1-5 de la largeur.

Largeur environ 2 pouces ; dans le Kentuky, etc. ; dents et lame sillonnées ; forme confluente ; lignes étroites, distantes, radiées.

6ᵐᵉ. Sous-genre. SINTOXIA. Sintoxe.

Forme ovale-oblique ; dent lamellaire et ligament courbes.

43. Espèce. *Obliquaria lateralis* (U. lateralis). Obliquaire latérale.

Test épais, bombé, ovale-oblique, à légère dépression oblique, longitudinale, courbée, étroite ; épiderme ridé, brun ; nacre blanche. Longueur 4-5, diamètre 3-5, axe 1-5 de la largeur.

Largeur 2 à 3 pouces ; dents grosses, striées ; fossules apparentes ; lame épaisse, carénée, un peu doublée dans les deux valves.

44. Espèce. *Obliquaria sintoxia* (U. siutoxia). Obliquaire sintoxe.

Test épais, bombé, ovale-oblique, sans dépression ; épiderme noir et presque lisse ; nacre rosée. Longueur 9-10, diamètre 6-10, axe 2-5 de la largeur.

Dans l'Ohio ; rare ; largeur 2 à 3 pouces, très-voisine de l'*Obovaria pachostea*, de l'*Obliq. obliquata* et de l'*Obliq. triangularis ;* dents comme cette dernière. Par sa forme elle fait le passage avec le genre suivant, *Obovaria*.

11me. Sous-famille. AMBLEMIDIA. Les Amblémides.

Coquille longitudinale ; dent bilobée inférieure ; dent lamellaire inférieure, verticale ; axe terminal ; rides zonales.

VIme. Genre. OBOVARIA. Obovaire.

Coquille obovale, presqu'équilatérale ; axe presque médial ; ligament courbe ; dent bilobée striée ; dent lamellaire presque verticale, un peu courbée ; contour marginal épaissi ; trois impressions musculaires ; mollusque semblable à l'*Unio*, mais ayant l'anus inférieur.

[311]

45. Espèce. *Obovaria obovalis* (Unio obovalis). Obovaire obovale.

Test épais, bombé, arrondi inférieurement ; sommets saillans ; épiderme brun-fauve, ridé ; nacre blanche. Largeur inférieure 8-9, diamètre 2-3 de la longueur, axe médial.

Cette espèce est commune dans l'Ohio et les rivières voisines. Longueur de 2 à 3 pouces ; dents larges, épaisses, rugueuses ; lame carénée, un peu oblique ; impressions profondes.

46. Espèce. *Obovaria torsa* (Unio torsa). Obovaire tordue. Pl. LXXXII, fig. 1, 2 et 3.

Test très-épais, bombé, arrondi inférieurement ; épiderme brunâtre ; nacre pourprée. Largeur médiale 6-7, diamètre 3-7 de la longueur, axe médial.

Var. *Marginata*. Nacre à contour blanc.

Espèce rare dans l'Ohio, plus commune dans les petites rivières. Longueur 1 à 2 pouces. Remarquable par ses sommets tournés en avant et ses grandes rides souvent divisées en deux par un sillon ; dents et lames ridées ; fossule apparente ; lame un peu oblique, presque double, même dans la valve droite.

47. Espèce. *Obovaria striata* (Unio striata). Obovaria striée.

Test épais, bombé, arrondi inférieurement, à rides striées ; sommets à peine saillans ; épiderme brun ; nacre blanche. Largeur médiale 10-11, diamètre 6-11 de la longueur, axe 2-5 de la largeur.

~ Var. 1. *Tuberculata*. Quelques tubercules striées sur les rides.

Var. 2.' *Rosea*. Epiderme roussâtre, brun antérieurement ; nacre rosâtre.

Longueur environ 3 pouces. Dans la partie supérieure de l'Ohio. Mollusque jaune ; lame presque verticale, épaisse ; dents sillonnées ; fossule apparente.

[312]

48. Espèce. *Obovaria pachostea* (U. pachostea). Obovaire pachostée.

Test excessivement épais, bombé, arrondi et atténué ou flexueux inférieurement ; sommets un peu saillans ; épiderme brun, peu ridé ; nacre violacée-pâle ; contour flexueux. Largeur médiale 9-10, diamètre 7-12 de la longueur, axe oblique 2-5 de la largeur.

Espèce remarquable, à cavité intérieure très-petite et ridée ; large cavité sous la dent ; elle se rapproche du *S. G. sintoxia, G. obliquaria*, par son axe un peu oblique, ou par une légère dilatation postérieure. Dans le Kentuky. Longueur 3 à 4 pouces. Lame courte, verticale, obtuse ; dents très-grosses et larges, sillonnées ; fossule apparente.

49. Espèce. *Obovaria stegaria* (Unio stegara). Obovaire tuilée. Pl. LXXXII, fig. 4 et 5.

Test épais, bombé, arrondi inférieurement, un peu tuilé par de grosses rides écartées ; sommets un peu saillans ; épiderme brun ; nacre blanche. Largeur inférieure 12-13 de la longueur, diamètre 2-3 de la largeur, axe médial.

Var. 1. *Tuberculata*. A quelques tubercules épars.

Var. 2. *Fasciolata*. Fasciolée de brun verdâtre ; nacre rosâtre.

Jolie espèce, rarement longue de plus d'un pouce ; lame un peu oblique, droite, obtuse ; dents striées ; fossule apparente ; assez rare dans l'Ohio.

50. Espèce. *Obovaria cordata* (Unio cordata). Obovaire cordée. Pl. LXXXII, fig. 6 et 7.

Test épais, bombé, cordé inférieurement par un sinus et une légère dépression ; épiderme lisse, brun ; nacre blanche ; sommets un peu saillans. Largeur inférieure 11-12, diamètre 2-3 de la longueur, axe médial.

Var. 1. *Rosea.* Epiderme noirâtre ; nacre rosâtre.

Jolie petite espèce d'environ un pouce de longueur ; dans l'Ohio, etc. rare. Lame doublée aiguë, à peine oblique, droite ; dents [313] sillonnées. Elle se rapproche beaucoup de l'*Obliquaria retusa.*

VIIme. Genre PLEUROBEMA. Pleurobème.

Coquille oblongue, très-inéquilatérale ; ligament droit ou plutôt unilatéral ; axe totalement latéral ou postérieur ; dent lamellaire verticale ; dent bilobée peu ridée ; sous le sommet qui est supérieur, terminal ; quatre impressions musculaires ; mollusque semblable à l'*Unio,* mais anus et siphons inférieurs.

51. Espèce. *Pleurobema mytiloides* (U. Mytiloides). Pleurobème mytiloïde. Pl. LXXXII, fig. 8, 9 et 10.

Test épais et bombé supérieurement, atténué aux deux bouts ; sommets saillains, entiers ; épiderme presque lisse, roussâtre, à quelques bandes obliques, noires, longitudinales ; nacre bleuâtre ; lame étroite. Largeur 3-5, diamètre 1-2 de la longueur, axe 1-6 de la largeur.

Espèce rare ; observée dans le Wabash. Longueur 2 pouces ; sommets un peu anguleux, très-saillans, entiers, formant un cœur ; lame très-droite ; impression et fossule profondes.

52. Espèce. *Pleurobema cuneata* (Unio cuneata). Pleurobème cunéiforme.

Test épais et bombé supérieurement, oblong-ovale, atténué en coin inférieurement, arrondi supérieurement ; sommets saillans, tronqués ; épiderme presque lisse, brun ; nacre blanche, iridescente ; lame à peine droite. Largeur 5-7 diamètre 1-2 de la longueur ; axe 1-6 de la largeur.

Var. 1. *Maculata.* Quelques taches noires, éparses, équarries.

Var. 2. *Sulcata.* Légère dépression longitudinale.

Assez commune dans l'Ohio près de Steubenville, Marietta, etc. Longueur 1 à 3 pouces. Elle diffère principalement de la précédente par sa forme, par sa lame un peu courbe, etc. Mollusque jaunâtre-pâle ; impressions profondes : la fossule forme une quatrième impression très-marquée.

[314]

VIIIme. Genre. AMBLEMA. Amblème.

Coquille ovale, elliptique ou équarrie, très-inéquilatérale ; axe latéral postérieur ; sommet latéral oblique, presque supérieur : ligament droit; dent lamellaire verticale; dent bilobée ridée, latérale au sommet ; trois impressions musculaires ; mollusque semblable au *Pleurobema*.

53. Espèce. *Amblema olivaria* (U. olivaria). Amblème olivaire.

Test épais, peu bombé, ovale, elliptique; sommets à peine saillans, presque supérieurs ; épiderme ridé, olivâtre ; nacre blanche, iridescente ; lame droite. Largeur 2-3, diamètre 4-9, axe 1-20 de la longueur.

Var. 1. *Dilatata*, à base dilatée supérieurement.

Var. 2. *Fasciolaris*, à bandes rayonnées, brunes.

Dans le Kentuky. Longueur 2 à 3 pouces. Intermédiare entre ce genre et le précédent ; fossule apparente ; dents peu ridées ; lame épaisse ; ligament doré,

54. Espèce. *Obliquaria rubra* (U. rubra). Obliquaire rouge.

Test épais, bombé, un peu elliptique ; sommets peu saillans, à léger sinus oblique ou large ; sillon postérieur ; aux presque latéral ; épiderme ridé, noirâtre ; nacre, rouge-pourprée. Longueur 5-7, diamètre 4-7, axe 1-7 de la largeur.

Var. 1. *Lineata*. Roussâtre, linéolée de brun.

Var. 2. *Pallida*. Brunâtre, nacre pâle.

Dans le Kentuky. Longueur environ 2 pouces. Elle a quelques rapports avec l'*Elliptio* et l'*Obliquaria ellipsaria*. Lame un peu obtuse, très-légérement oblique ; dent épaisse rugueuse ; nacre jolie, iridescente, à reflets bleuâtres ; point de fossule ; mollusque jaunâtre.

55. Espèce. *Amblema torulosa* (Unio torulosa). Amblème toruleuse. Pl. LXXXII, fig. 11 et 12.

Test épais, peu bombé, elliptique-équarri, à légère dépression oblique et quelques nodules, bords flexueux ; épiderme olivâtre, à rides flexueuses ; nacre blanche-bleuâtre. Largeur 3-4, diamètre 1-2, axe 1-5 de la longueur.

[315]

Var. 1. *Angulata*. Dépression presque nulle, contour presque anguleux.

Longueur 2 pouces. Dans l'Ohio et Kentuky ; 2 ou 3 nodules sur l'élévation oblique ; lame très-droite ; point de fossule ; dent ridée.

56. Espèce *Amblema gibbosa* (Unio gibbosa) Amblème bossue.

Test épais, bombé, ovale-elliptique, à deux grosses côtes noueuses, obliques, à dépression intermédiaire, bords flexueux ; épiderme brun-rousâtre, presque lisse ; nacre blanche. Largeur 2-3, diamètre 4-7, axe 2-9 de la longueur.

Var. 1. *Olivacea.* Epiderme olivâtre, à rides flexueuses.

Var. 2. *Radiata.* A lignes radiées, pâles.

Var. 3. *Difformis.* A bosselures et dépressions difformes.

Très-commune dans l'Ohio et les rivières adjacentes. Longueur 1 à 3 pouces. Lame courte, oblique, obtuse ; fossule très-apparente ; dents ridées ; sommets saillans en cœur. Elle a de très-grands rapports avec le G. *Obliquaria ;* mais la dent bilobée est sous le sommet et presque inférieure.

57. Espèce. *Amblema costata* (Unio costata). Amblème costée. Pl. LXXXII, fig. 13 et 14.

Test peu épais, applati, un peu équarri, à large côtes longitudinales, peu oblique, flexueux, dilaté en aile sous le ligament, à côtes obliques courbées, bords ondulés ; épiderme jaunâtre, presque lisse ; nacre blanche, iridescente. Largeur 4-5, diamètre 3-10, axe 3-20 de la longueur.

C'est une des plus belles coquilles de l'Ohio ; elle y est rare ; elle l'est moins dans les petites rivières du Kentuky, etc. Elle parvient presqu'à 6 pouces de longueur. Sa nacre est lavée d'incarnat et à reflets violets.

Elle produit des perles ; j'en ai vu une oblongue d'un quart de pouce de long. Sommets obliques ridés, entiers ; lame longue, large, aiguë, comprimée, légèrement oblique ; point de fossule ; dent striée inférieure. Bords intérieurs ondulés. Mollusque jaune.

[316]
III. Sous-famille. ANODONTIDIA. Les Anodontides.
Coquille transverse. Point de dents ni de lames.

IXme. Genre. ANODONTA. Anodonte.

Coquille elliptique ou ovale ; ligament droit ou courbe. Axe extra-médial ; trois impressions musculaires peu apparentes ; contour à peine épaissi ; mollusque comme celui de l'*Unio.*

Ce genre peut se diviser en trois sous-genres très-marqués.

1. Sous-Genre. ANODONTA. Anodonte.

Nulles rides lamellaires à la charnière. Ce S. G. comprend la plupart des espèces, telles que *A. anatina, A. cygnea, A. radiata, A. marginata,* Say *A. cataracta,* Say, etc. Outre les deux espèces suivantes que j'ai observées dans le fleuve Hudson.

Anodonta atra. Test bombé, mince, lisse, elliptique, noirâtre ; nacre blanche antérieurement, rousse, iridescente postérieurement. Longueur 1-2, diamètre 5-12, axe 1-3 de la largeur.—Largeur jusqu'à 6 pouces.

Anodonta cuneata. Test peu bombé, mince, elliptique, atténué postérieurement ; épiderme ridé, brun-olivâtre ; nacre blanche-bleuâtre. Longueur 1-2, diamètre 1-4, axe 1-4 de la largeur. Largeur 4 à 5 pouces.

2. Sous-Genre. STROPHITUS. Strophite.

Charnière à projection marginale sous le bec.

L'*A. undulata* de Say, forme ce S G. qui pourrait bien, ainsi que le suivant, être considéré comme un genre.

3. Sous-Genre. LASTENA. Lastène.

Charnière à deux rides transversales, obtuses, presque lamelliformes, divergeant de chaque côté du bec. Ligament droit, membraneux, double, ou antérieur ou postérieur.

58. Espèce. *Anodonta ohiensis* (Lastena ohiensis). Anodonta de l'Ohio.

Test très-mince, fragile, transparent, bombé, elliptique, un peu ailé et ensuite tronqué obliquement en arrière ; sommets entiers, ridés ; épiderme lisse, olivâtre ou brun ; nacre-bleuâtre. Longueur [317] 5-9, diamètre et axe 1-3 de la largeur.

Var. 1. *Radiata.* Olivâtre-cuivré, à bandes radiées, verdâtres.

Var. 2. *Viridis.* D'un beau vert-olivâtre.

Var. 3. *Violacina.* Nacre violacée.

Var. 4. *Nigrescens.* Noirâtre-olivâtre.

Très-commune dans l'Ohio et toutes les rivières adjacentes. Largeur de 2 à 4 pouces ; les rides lamellaires sont parfaitement séparées des bords de la coquille. L'aile postérieure est comprimée, angulaire, en talus et brunâtre. Il aurait peut-être été convenable de nommer cette espèce *A. mutabilis.*

59. Espèce. *Anodonta lata* (Lastena lata). Anodonta élargie. Pl. LXXXII, fig. 17 et 18.

Test très-mince, fragile, transparent, convexe, elliptique-oblong ; sommets écorchés, presqu'invisibles ; épiderme brun, noirâtre antérieurement ; nacre bleuâtre, violette sous les sommets. Longueur 3-8, diamètre 2-9, axe 1-4 de la largeur.

Rare, dans le Kentuky, etc. Largeur 2 à 3 pouces. Rides lamellaires attenantes au bord, l'antérieure à peine apparente. Elle doit peut-être former un autre S. G. *Hemistena*, ou être réunie au premier S. G. ; mais le ligament est double, ou étendu des deux côtés des sommets. Les Lastènes se rapprochent du G. *Dipsas*.

IV. Sous-famille. ALASMIDIA. Les Alasmides.

Coquille transverse ; une dent primaire antérieure ; point de dent lamellaire.

Xme. Genre. ALASMIDONTA. Alasmidonte.

Coquille ovale ou elliptique ; axe extra-médial ; trois cicatrices ou impressions musculaires ; ligament droit, embriqué, etc.

60. Espèce. *Alasmidonta marginata*. Alasmidonte marginée.

Ovale-elliptique, en talus postérieurement et à rides obliques-obtuses ; épiderme brun-olivâtre, radié de vert et ridé zonalement ;

[318]

nacre blanche-bleuâtre, à contours blancs ; dent simple, comprimée, oblique. Longueur 1-2 de la largeur.

Ce genre et cette espèce ont été établis par Say, dans le *Journal de l'Académie des Sciences naturelles de Philadelphie*, vol. 1, p. 459. Il y rapporte en outre son *Unio undulata*, Conch. tab. 3, fig. 3, et il faut y ajouter aussi l'espèce suivante. Celle-ci se trouve dans la rivière Scioto. Longueur 2 pouces et demi. Je ne l'ai point observée vivante, mais je l'ai vue dans le cabinet de l'Académie.

61. Espèce. *Alasmidonta costata*. Alasmidonte costée. Pl. LXXXII, fig. 15 et 16.

Test mince, elliptique, légèrement bombé, un peu sinueux antérieurement, ondulé et à larges côtes courbées postérieurement ; épiderme presque lisse, olivâtre antérieurement, noirâtre postérieurement ; nacre blanche, lavée d'incarnat ; dent bilobée comprimée, oblique, crénelée. Longueur 1-2, diamètre 1-4, axe 2-9 de la largeur.

J'ai observé cette belle coquille dans le muséum de M. Clifford à Lexington : elle a été recueillie dans la rivière Kentuky, où elle paraît être rare. Largeur près de cinq pouces. Elle est écorchée antérieurement et supérieurement, mais très-entière postérieurement ; côtes très-grandes inférieurement; ligament corné, écailleux, embriqué; dent décurrente ; lame remplacée par un petit angle court, oblique ; de petits tubercules dans l'intérieur.

V. Sous-famille CYCLADIA. Les Cycladées.

Coquille presqu'équilatérale ; deux dents lamellaires : une antérieure et une postérieure ; souvent une ou plusieurs dents cardinales, intermédiaires sous le sommet.

XIme. Genre CYCLAS. Cyclade.

Deux impressions musculaires ; lames obliques ; rides zonales ; contour non épaissi.

Ce genre a besoin d'être réformé nonobstant les travaux de Megerle et Férussac. Je propose de le diviser en quatre sous-genres qui [319] pourraient peut-être former autant de genres.

1. *Polymesoda*. Plusieurs dents intermédiaires aux deux valves ; test arrondi ou un peu transversal. Type : *Cyclas caroliniana* Bosc, etc.

2. *Phymesoda*. Une dent intermédiaire à une valve ; test un peu transversal. Type : *C. lacustris*, *C. dubia* Say, etc.

3. *Amesoda*. Point de dent intermédiaire à une valve au moins ; test un peu transversal. Type : *C. similis* Say, *C. lasmampsis*, etc.

4. *Corbicula*. (Megerle). Plusieurs dents intermédiaires aux deux valves ; test triangulaire ou un peu alongé. Type : *C. hammalis*, *C. fluviatilis*, etc.

62. Espèce. *Cyclas lasmampsis* (Ameroda lasmampsis). Cyclade lasmampside. Pl. LXXXII, fig. 19, 20 et 21.

Test transparent, bombé, un peu arrondi ; rides serrées, inégales, plus éloignées et larges supérieurement ; lames flexueuses, l'antérieure tordue, élargie ; longueur 3-4, diamètre 1-2, axe 5-12 de la largeur, nacre bleuâtre.

Largeur 1-3 ou 1-2 pouce ; épiderme variable, noir, noirâtre, brun, brunâtre, olivâtre, roussâtre, corné, etc. ; sommets arrondis, non-saillans. Dans l'Ohio et les rivières adjacentes. Points de dents intermédiaires.

63. Espèce. *Cyclas equalis* (Phymeroda equalis) Cyclade égale.

Test transparent, bombé, arrondi ; rides serrées, presqu'égales,

obtuses ; lames un peu flexueuses, courtes, distantes, égales ; dent
intermédiaire oblique, unique dans chaque valve ; épiderme corné ;
nacre bleuâtre ; longueur 4-5, diamètre 2-3, de la largeur, axe
médial.

Petite espèce ; longueur 1-4 de pouce ; rare dans l'Ohio ; dent
interne, peu apparente, obliquement inclinée postérieurement ;
valve droite à 2 fossules oblongues, lamellaires ; presqu'égales ;
la gauche à dent lamellaire correspondante ; sommets arrondis non-
saillans.

[320]
SUPPLEMENT.

Je vais décrire dans ce supplément deux espèces qui n'appartiennent qu'imparfaitement à mon sujet ; car l'une est une coquille
trivalve et l'autre une moule de la Louisiane. J'y ajouterai quelques
espèces qui ont été omises à leurs places respectives, ou reconnues
durant mon travail.

XII°. Genre. TREMESIA. Trémésie.

Test trivalve, inéquivalve ; valve principale patelloïde, perforée
au centre ; la petite valve fermant ce trou en guise d'opercule ;
troisième valve inférieure, latérale ; mollusque céphalé, à tête
extensible par l'ouverture médiale, à deux yeux latéraux ; point de
tentacules.

Ce genre singulier paraît être le type d'une nouvelle famille intermédiaire entre les Brachiopes, les Térédaires et les Patellaires ; elle
a trois valves comme les Térédaires ; mais une tête comme les
Patellaires, et cette tête oculée et tentaculée est centrale au lieu
d'être terminale.

64. Espèce. *Tremesia patelloïdes.* Trémésie patelloïde. Pl.
LXXXII, fig. 22, 23 et 24.

Valve principale arrondie, un peu conique, striée concentriquement et tessélée par des stries courbes, obliques, transversales ;
ouverture ronde ; petites valves lisses : l'inférieure oblique, obovale ;
mollusque strié flexueusement en dessous, aigu à l'opposé de la valve
inférieure ; tête tronquée.

Animal bien singulier, que j'avais déjà annoncé l'année passée
sous le nom fautif de *Notrema* dans l'*American Monthly Magazine*.
Il se trouve dans la partie inférieure de l'Ohio, attaché aux pierres
comme les Patelles, par sa base ; test fauve-brun ; valve operculaire
brune, luisante, mobile ; diamètre environ un pouce, hauteur un
demi-pouce.

65. Espèce. *Mytilus recurvus*. Moule recourbée.

Test obovale, cunéiforme, recourbé, à stries longitudinales de trois longueurs; épiderme noirâtre; nacre-violette; becs obliques, à [321] un angle décurrent de chaque côté; bord inférieur et intérieur strié, crénelé; largeur 7-12, diamètre 5-12, de la longueur, longueur 1 à 2 pouces. Elle se trouve dans le Mississipi près de la Nouvelle-Orléans. Les stries sont souvent bifides. Partie bâillante oblongue, latérale.

66. Espèce. *Unio teres* (Elliptio teres). Mulette ronde.

Test peu épais, bombé, elliptique, élargi, tronqué inférieurement, postérieurement et obliquement; épiderme presque lisse, corné; nacre blanche, iridescente; longueur environ 2-5, diamètre 2-3, axe 1-5 de la largeur. Appartient au sous-genre *Eurynia*. (Voyez p. 297.)

Largeur environ 3 pouces. Dans la rivière Wabash, légérement sinuée inférieurement; sommets effacés; lame longue, mince; dent crénelée, décurrente.

67. Espèce. *Obliquaria sinuata*. (Unio sinuata). Obliq. sinuée.

Test épais, bombé, elliptique, sinué inférieurement; épiderme roussâtre, ridé; nacre blanche, à sillons profonds, obliques, intérieurs; longueur 1-2, diamètre 1-3, axe 1-4 de la largeur. Appartient au sous-genre *Ellipsaria*. (Voyez p. 303.)

Dans le Kentuky. Largeur 4 pouces; lame épaisse, oblique, droite; ridée; fossule apparente; dent striée.

68. Espèce. *Obliquaria atroviolacea* (Unio atroviolacea). Obliq. violet-brun.

Test peu épais, convexe, elliptique, ovale, atténué postérieurement; épiderme noirâtre, presque lisse; nacre d'un violet très-foncé, bord brun-mat; longueur 1-2, diamètre 1-4, axe 1-5 de la largeur.

Appartient au sous-genre *Ellipsaria*.

Jolie espèce à belle nacre; largeur trois pouces; dans le Kentuky, etc.; lame carénée, droite; fossule confluente; impressions profondes; dents ridées.

69. Espèce. *Obliquaria Cliffordiana* (Unio Cliffordiana). Obliq. Cliffordienne.

Test épais, bombé, ovale, arrondi, grande longueur postérieure;

[322]
talus postérieur ; nacre presque lisse, noirâtre, pourprée-pâle ; longueur 3-4, diamètre 2-5, axe 1-4 de la largeur. Appartient au sous-
genre *Plagiola*. (Voyez p. 302.)

Du muséum de M. Clifford ; trouvée dans le Kentuky ; largeur
3 pouces ; lame courbée, épaisse, ridée ; fossule apparente ;
dents striées ; sommets à peine saillans, écorchés, à nacre plane,
safranée.

REMARQUES.

1. Le ligament que j'ai décrit est le grand ligament postérieur ;
il y a en outre dans toutes ces coquilles un ligament antérieur membraneux et foliacé qui est très-petit et court dans les coquilles
alonguées ou arrondies, et plus grand ou oblong dans les coquilles
elliptiques ou dilatées.

2. Ayant mieux observé l'espèce 48 *Obovaria pachostea* (voyez
p. 312), j'ai reconnu qu'elle appartient au genre *Amblema*, auquel
il faudra réunir. Voici son caractère :

Amblema Antrosa. Test très-épais, un peu bombé, arrondi,
flexueux, à petit sinus latéral inférieurement ; épiderme brun, lamelleux ; nacre violacée, pâle, ondulée et à grande cavité sous la
dent bilobée ; largeur 6-7, diamètre 1-2 de la longueur, axe presque
terminal.

[From the Annals of Nature, or Annual Synopsis of new Genera and Species
of Animals, Plants, &c. First Annual Number, p. 10, Philadelphia, 1820.]

[10]
VIII CLAS. APALOSIA.—THE MOLLUSCA.

XVI. N. G. PHILOMYCUS. Differs from *Limax* by no visible
mantle, the longer pair of tentacula terminal and club shaped, the
shorter tentacula lateral and oblong.—The name means friend of
fungi, on which they feed.

69. *Philomycus quadrilus*. Grey, back smooth, with four longitudinal rows of irregular black spots, long tentacula black and ap-
proximated : rather attenuated behind, tail obtuse. On the banks
of the Hudson, length over half an inch.

70. *Philomycus oxyurus*. Fulvous grey, slender, back wrinkled
longitudinally ; tentacula brown, the lateral ones very small ; tail
acute, carinated above.—Length two-thirds of an inch, in New
York.

71. *Philomycus fuscus.* Entirely brown, tentacula thick, back smooth, tail compressed, acute.—In Ohio, on *Amanita elliptica;* length one fourth of an inch.

72. *Philomycus flexuolaris.* Fulvous, back variegated with flexuose brown lines, slightly wrinkled transversally; attenuated behind, tail obtuse.—Length from one to two inches, it may change its shape. Found on the Catskill mountains. There are many other species of this genus in the United States.

XVII. N. G. EUMELUS. Differs from *Limax* by no visible mantle, the four tentacula almost in one row in front and cylindrical, nearly equal, the smallest pair between the larger ones.—Name mythological.

73. *Eumelus nebulosus.* Body nearly cylindrical, rounded at both ends; back smooth, crowded with grey and fulvous spots intermixed of the same tinge, without spots beneath; tentacula brown.—Length about one inch; in Ohio and Kentucky.

74. *Eumelus lividus.* Livid brown above, greyish beneath, antenna black, obtuse behind, back smooth and convex.—Length one inch; in Ohio, Indiana and Kentucky.

75. *Limax gracilis.* Body slender, head and lower tentacula fulvous, neck grey, upper tentacula brownish, mantle dark fulvous, back smooth brown, beneath dirty white; tail brown, obtuse above, mucronate and acute beneath.—Probably a real *Limax.* Yet it has the two long tentacula inserted above the neck, while the small ones are terminal, and all slightly club shaped. It may perhaps form a sub-genus *Deroceras.* Length over one inch. Found near Hendersonville in Kentucky, and in woods.

XVIII. N. G. HEMILOMA. (Univalve land shell.) Spire raised and smooth; opening obliqual elliptic, with an interior raised half margin on the inside lip, a little twisted; Columella decurrent on the whorl obliquely and with a very small umbilicus.—The name means half margin.

76. *Hemiloma ovata.* Ovate, very obtuse, smooth, six spires, breadth two-thirds of the length.—Found near Lexington, in nearly a fossil state, by Mr. John D. Clifford; whitish, length three-sixteenth of an inch.

[11]

77. *Pleurocera verrucosa.* Ellipsoidal, top very obtuse, base of the opening obtuse, inside lip thickly plaited; four spires, the two

E

last flattened, the other large, with several rows of warts, back of the opening wrinkled.—Length about two-thirds of an inch, not quite double the breadth; colour olivaceous brown, opening whitish. It lives in the lower parts of the Ohio. This genus which contains nearly twenty species of fluviatile shells, was described in my 70 N. G. Animals, &c. I have discovered already about one hundred and eighty species of fluviatile and land shells in the United States.

[From Enumeration and Account of some remarkable Natural Objects in the Cabinet of Prof. Rafinesque, in Philadelphia, page 2. Philadelphia, November, 1831.

[2]

IV. FOSSIL UNIVALVE SHELLS.

13. ERPILITES, Raf. N. G. or perhaps a S. G. of *Trochites.* Opening oval, subquadrangular by the end being nearly truncate, columella with a twisted fold and ending with an acute point. All the sp. from the limestone and sandstone of Ohio and Kentucky, where other Univalves are very rare. I have 7 sp. at least, and shall here describe 5 of them. The name means creeping. Although these shells are marine, they appear to approximate very near to the *Pleurocera* and *Melania,* now living in the Rivers of the same region.

14. *Erpilites Multistriata,* Raf. 1818. Suboval, 3 spires with many spiral ribs and minutely striated obliquely. Fine perfect specimen from sandstone of Knobhills, one and a half inch long, with crystals inside.

15. *Erpilites Platenia,* Raf. 1820. Broad depressed, 3 spires smooth, the first very large with a broad biangular flat raised band, becoming a spiral angle in the other spires. Large sp. two inches broad, silicified, from the limestone.

16. *Erpilites Ohiensis,* Raf. 1818. Suboval, 5 spires smooth, each ending by a spiral angle on the upper edge. Limestone of Ohio state, one inch.

17. *Erpilites Carinata,* Raf. 1818. Oblong smooth, 5 spires carinated in the middle spirally. Near Lexington in limestone, small, half an inch, seldom petrified.

18. *Erpilites Stenotenia,* Raf. 1821. Oblong smooth, 4 or 5 spires with a narrow depressed spiral band. Limestone of Kentucky.

V. FLUVIATILE UNIVALVE SHELLS.

19. *Pleurocera Gonula*, Raf. 1818. Seven spires, the first with two or three small angles, the others with only one. River Kentucky. My G. *Pleurocera*, 1819, is perhaps a S. G. of *Melania*, [3] but the animal is different, with lateral feelers ; the shell is always conical oblong with the opening oblong oblique acute at both ends, columella flexuose twisted.

20. *Pleurocera Acuta*, Raf. 1818. Shell elongate very acute, smooth, nine spires, the first angular in front. Lake Erie.

21. *Pleurocera Quadrosa*, Raf. 1816. Conical, smooth, six spires, the first with an obtuse circular angle, and a furrow below it, giving the opening a subquadrangular appearance. Small streams of West Kentucky, one inch long.

22. *Melania Rugosa*, Raf. Pyramidal acute, nine spires rugose vertically, streams of Cumberland Mountains. I leave the name of *Melania* to the shells with opening obtuse at the end, or they may form the S. G. *Ambloxus*.

23. *Melania Viridis*, Raf. Suboval smooth, five spires, end obtuse, opening oblong. Fine shell, one inch, green, from Licking River.

VI. LAND UNIVALVE SHELLS.

24. APLODON, Raf. 1819. Differ from *Helix* by an ombilic and a callous tooth above it in the opening. Several sp. 1. *A. nodosum*, Raf. 1818. Subdepressed, rugose below concentrically, 3 nodose spires. In Kentucky.

25. STENOSTOMA, Raf. 1819. Differ from Helix, opening linear with lips, upper lip notched, lower carinated. 1. *St. convexa*, Raf. Nearly round, both sides convex, smooth, 5 spires. Kentucky.

26. TOXOSTOMA, Raf. 1819. Differ from the last, by no lower lip nor keel to the opening, which is curved. 1. *T. globularis*. Globular smooth, 5 spires. In Kentucky.

27. MESODON, Raf. 1819. Differ from Helix by lower lip with a tooth. 1. *M. maculatum*. Depressed, hardly striated, upper lip reflexed, tooth careniform, 5 spires. Fulvous with brown spots. The G. *Trophodon* differ from this by upper lip notched. The G. *Odomphium* by having an ombilic.

28. OMPHALINA, Raf. 1819. Differ from Helix by no lips,

but an ombilic. Many sp. 1. *O. cuprea.* Suboval, 4 spires,
smooth, brittle, diaphanous coppery, shining, opening very large.
In Kentucky.

29. TRIODOPSIS, Raf. 1819. Differ Helix, opening with 3
teeth. 2 above, 1 below, an ombilic. 1. Tr. *lunula.* Depressed,
mouth narrow with thick lips, ombilic lunulated. In Kentucky.
Forms S. G. *menomphis.*

30. XOLOTREMA, Raf. 1819. Differ from the last by no
ombilic, opening linear. 1. *X. clausa.* Subdepressed, 5 spires a
little striated, opening almost hidden. I have many more land and
fluviatile univalves, too many to enumerate here; but I add two
beautiful Agatinas from the south.

31. *Agatina Variegata,* Raf. 1820. Six spires, smooth, yellowish,
variegated with brown spots near the sutures, first spire with some
narrow coloured strias concentric Nearly two inches, from
Louisiana.

32. *Agatina Fuscata,* Raf. 1822. Eight spires, smooth, reddish
brown, with broad longitudinal black bands on the spires, of a lanceolate flexuose shape. Over two inches, From Texas. Both collected by Dr. Strong.

VII. FOSSIL BIVALVE SHELLS.

33. *Mytilus exotilus,* Raf. 1820. Oblong oboval, minutely striated,
strias broader below, curved near the sides. Breadth two thirds of
length, thickness 4-9. From the limestone near Boon creek, Kentucky, petrified, over 2 inches.

34. APLEUROTIS, Raf. 1819, and tract of October, 1831. N.
G. very near *mytilus,* but winged and perforated. 1. *Apl. pectenoides,*
Raf. Oboval, upper valve convex striated, wing well marked, lower
valve flat, scarcely striated. Breadth 4-5 of the length, which is
over 2 inches. 2. *Apl. pusilla,* Raf. Oblique oboval, flattened,
minutely striated, wing small. Breadth ¾ of the length, which is less
than one inch. Both from Knobhills of Kentucky.

36. OXISMA, Raf. 1819. N. G. near *Pinna.* Base truncate,
[4]
end gaping, equivalve, hinge lateral plicate on one valve, angular on
the other. 1 *O. bifida,* Raf. Shell bifid by valves acute and gaping
before, outside black and rough, sides straight, length 3-8 of the
breadth, hardly one inch. Knobhills.

37. *Terebratulites Eriensis,* Raf. 1818. Base smooth, remainder

with concentric wrinkles, large valve with a depression and sinus. Length 4-5, thickness 2-5 of the breadth. From the limestone of Lake Eric and Ohio, silicified blackish, about one inch.

38. STROPHOMENES, Raf. 1820. See tract of October. 1. Str. *levigata.* Very smooth, longer valve convex, lower valve concave, corners acute, not auriculate, contour arched and even. Length 4-5 of the breadth. Kentucky limestone. 2. *Str. flexilis.* Very thin, lower valve hardly concave with minute curved strias, upper valve convex with minute flexuose strias, corners acute subauriculate, length and breadth equal. Limestone of Ohio, 1 or 2 inches.

40. CURVULITES, Raf. 1819. Inequilateral, inequivalve, valves elongated, curved or crooked, larger valve broader, the smaller often angular. 1. *C. striata,* Raf. 1818. Cuneate curved, base narrow, end broad rounded, striated longitudinally, short alternate strias near the end. In the Kentucky limestone, 2½ inches.

41. ZONARITES, Raf. Tribe of Atremosia or imperforated Terebratulites. Shell subtransversal equilateral, subinequivalve, both valves convex with thick concentric wrinkles, hinge linear, beaks very small. 1. *Z. atrata.* Nearly rounded, with large wrinkles and furrows between. Length 5-6 of the breadth, thickness nearly half. Perfect black shell silicified, nearly one inch, from the Knobhills, disc. in 1822.

42. *Zonarytes? Tesselata,* Raf. Rounded, tesselated by concentric and longitudinal wrinkles and furrows. Length 7-3 of the breadth. From the Knobhills, one inch broad, has only 1 valve incrusted in quartz, and with the hinge too imperfect to refer it decidedly to this Genus.

[Continuation of a Monograph of the Bivalve Shells of the River Ohio, and other Rivers of the Western States. By Prof. C. S. Rafinesque. (Published at Brussels, September, 1820.) Containing 46 Species, from No. 76, to No. 121. Including an Appendix on some Bivalve Shells of the Rivers of Hindostan, with a Supplement on the Fossil Bivalve Shells of the Western States, and the Tulosites, a new Genus of Fossils. Philadelphia, October, 1831.]

[1]

Hardly a dozen species of North American fluviatile bivalve shells, had been mentioned by Bosc. Lamark, Say, and Lesueur, before 1820, when I described, in a special and ample Monograph, 75 species of them 1 with 40 varieties, mostly discovered by myself, in my travels of 1818 and 1819, and figured 28 of them. This labour was written at Lexington, in January 1820, and published in French, at Brussels, in September 1820, in the *General Annals* of *Physical Sciences*, by Bory and Drapiez, and also in a separate pamphlet. I stated then, that several other species existed in the Western Waters, but described none but those I had before my eyes. I have, however, diligently collected these additional species, in my successive travels between 1820 and 1826, and have thus added, at least 40 species to the 75 already described; some of which, must also form peculiar Genera, or Sub-genera, particularly the *Lasmonos*, which fills the gap in the variety of hinges. We have thus five different tribes of Bivalve shells.

1. *Unio.* Hinge, with a cardinal tooth and a lamellar tooth.
2. *Alasmodon.* Hinge, with a cardinal tooth only.
3. *Lasmonos.* Hinge, with a lamellar tooth only.
4. *Anodonta.* Hinge, without teeth.
5. *Cyclas.* Hinge, with two lamellar teeth.

My labor on this branch of conchology, of which I was the pioneer and first historian, has attracted a great deal of attention in Europe, and latterly, also, with us. · I was repeatedly asked for the shells I had discovered and described; I disposed of some rare ones, for the Museum of my friend Clifford, in Lexington, and for the Museum of Transylvania University. I furnished several to my friends, Elliot, Collins, Graham, Hart, &c., in America, and Ferusac, Brnogniart, Swainson, Sowerby, &c., in Europe. Meantime, I have lately found that these fine shells have acquired a great value in Europe, and some have sold at very high prices in England, Germany and France, while I have seldom derived any profit from them, but much trouble, expense, and even vexation. I am determined to dispose of none left me, but for sale; I have as yet 400 specimens, or 60 species, of my Monograph in my cabinet, and all those described in this continuation, about 96 species in all, which I value from one to five dollars each; and even 5 species at ten dollars or more, being perhaps unique specimens. I offer them for sale, and have begun to sell upwards of 50 to Mr. Ch. A. Poulson, for his fine cabinet in Philadelphia.

Some of these shells are so very rare, that I have only met them once in 4,000 miles of travels and explorations; others I have never seen, except in collections, such are the *Unio ridibundus*, and the

Alasmodon complanatum, for instance.   I shall describe here, only
those which *I have now before my eyes,* and with the names given
them ten years ago, at their discovery; I have seen a few others,
which I delay to describe, not having them now in my hands. Those
who shall purchase these new shells, may have the pleasure to give
splendid figures of them, if they like.

   Since 1820, several American Conchologists have attempted to
notice, describe, or figure these shells; Barnes, in 1823, Lea, Say,
and Eaton, later still. They had a fine field before them, in elucida-
ting them by good figures, and describing the new kinds; but led
astray, by various motives, they have neglected to verify, or properly
notice my previous labors, *although they were known to them.* Mr.
Say is, above all, inexcusable.   I had respectfully noticed, in 1820,
his previous labors; but he has never mentioned mine, and knows
so little of the animals of these shells, as to have mistaken their
mouth for their tail, and their anterior for the posterior part of the
shells !

   If he had seen these animals alive, feeding, moving, and watched
their habits as I have done repeatedly, he would not have fallen into
such a blunder.   The mouth is always near the cardinal tooth, and
the lamellar tooth is to the right of it in the right valve, to the left
in the left valve.—Others pretend that my monograph is too intri-
cate; it is the subject which is such; whenever many species belong
to a tribe, many divisions and sections are needed to elucidate and
[2]
isolate the species.   All the great naturalists know and do this.

   The works wherein their erroneous labors are found cost above
$100 ! (mine only 50 cents.)   This has put it out of my power, as
yet, to verify all their mistaken and synonymous names. A complete
synonymy of these shells will soon be required, which I may perhaps
undertake in future, unless it is done by Mr. Poulson, who has trans-
lated and means to publish my monograph of 1820.   This continuation will be a supplement to his translation.   I mean to give in it
my shells under my own names, imposed as soon as found in 1821
and 1822 chiefly, the undoubted right of a previous discoverer and
explorer.   If some of them are already well named and described,
let their names be compared and the oldest or best prevail, as those
of my old Monograph ought in all cases.   C. S. R.   *Philadelphia,*
Oct. 1831.

I. TRIBE.—UNIO.

1. N. G. EPIOBLASMA. Differs from *Amblema* and *Ellipsaria* by lamellar tooth obliqual, divergent towards the back and straight. Axis nearly terminal. The *Unio* or *Amblema torulosa.* Sp. 55, perhaps belongs here also.

76. Sp. *Unio biloba* or *Epioblasma biloba,* discovered 1821.

Elliptical, both ends rounded, back convex, belly bilobed, sides rugose, more or less gibbose, swelled before, greenish brown outside, bluish white inside. Breadth 2-3, diameter 2-5 of the length.

Var. 1. *Pallida* not greenish, rufescent, a little longer.

In Green river and Kentucky river, about 3 inches long. Remarkable species, very rare, summits prominent, teeth striated, the lamellar short, reaching only to the middle.

2. N. G. TOXOLASMA, Differs from *Amblema*, *Plagiola* and *Sintoxia*, by lamellar tooth not obliqual but arched parallel with the back, axis nearly terminal, general form rounded, back curved.

77. Sp. *Unio cyclips.* (*Toxolasma cyclips.*—1820.) Shell thick rounded-elliptical, swelled subglobose, subrugose and yellowish outside, incarnate inside. Breadth 6-7, diameter 4-8 of the length. Axis 1-10th.

Var. I. *Fuscata.* Larger, brown outside, and nearly smooth, whiter inside, longer lamellar tooth.

Var. II. *Lutescens.* Yellow outside, bluish white inside.

River Ohio and Mississippi 2 to 4 inches, beautiful nacre, lamellar tooth carinate, serrulate as in many other species. It is said that this is the *U. abruptus* of Say. I cannot see any thing abrupt in it; my name means *Round Ellipsis.*

78 sp. *Unio cinerescens* (*Toxolasma ditto.*—1820.) Shell thick, rounded oboval, a slight posterior obliqual ridge, nearly smooth and cinerescent brown outside, bluish white inside. Breadth 8-9, diameter. 5-9 of the length. Axis 1-9th.

River Ohio and Kentucky. About 2 inches, cardinal tooth much striated, lamellar not serrulate.

79 sp. *Unio lividus,* (*Toxolasma do.* 1822.) Shell elliptical swelled not thick, outside subrugose, brown, inside livid purplish. Length 3-4, diameter 3-8, axis 1-4 of the breadth.

In Rockcastle river, exceedingly rare.—Size only one inch, lamellar tooth long, thin curved, not serrulate.

80 sp. *Unio flexus.* [Toxolasma, ditto, 1821.] Shell thick rounded, swelled, undulate below; outside subrugose, olive brown, inside bluish white. Length 5-6, diameter 1-2, axis 1-6th of the breadth.

In the Kentucky river, rare, 1 or 2 inches, lamellar tooth well curved, thick; not serrulate.

3. N. G. BARIOSTA. Form of *Scalenaria*, lamellar tooth curved, and not obliqual, as in *Sintoxia*, shell transversal, triangular.

81. Sp. *Unio ponderosus.* (*Bariosta* ditto, 1820.) shell very thick and heavy, oval triangular, rounded before, curved slope behind, with an oblique ridge ending to a point, a sinus next to it; outside rough and blackish; inside incarnate, iridescent, uneven. Length 3-5, diameter 2-5, axis 1-4 of the breadth.

In the lower Ohio and Mississippi. Fine shell, with beautiful nacre, 3 to 5 inches broad; cardinal tooth striate, lamellar tooth scabrous! Many uneven wrinkles inside. The *U. sinuata* Sp. 67, belongs to this section, *Bariosta* having a similar lamellar tooth: but it is broader, more elliptical, without ridge, and white inside; the sinus is also more central.

82 sp. *Unio vittatis* (*Lampsilis?* *vittata.*—1818.) Shell oval, swelled, rather thin, broad subulate and subtruncate behind with two or three oblique ribs longitudinal, rounded and rugose before, sides smooth, outside olivaceous, radiated with narrow straight greenish rays, bluish white inside. Length 3-4, diameter one half, axis one third of breadth.

In Green river, 3 inches broad or more. Very near my *Lampsilis fasciola*, sp. 26:—but it is larger, rounder, with straight rays. Cardinal tooth crenulate, lamellar tooth not flexuose, but well curved in the right valve; short, compressed, truncate behind.

83 sp. *Unio montanus,* (*Eurynia montana,* 1823.) Shell thin, elliptical, compressed, behind broad a little winged, end truncate, outside nearly smooth brown, a little laminated and fulvous around, inside bluish. Length one half, diameter and axis 2-5 of breadth.

In the streams of the Alleghany and Cumberland mountains. About 2 inches. Lamellar tooth very long, nearly straight, a sinus above it.

84 Sp. *Unio diploderma,* (*Lampsilis ditto.* 1822.) Shell thin elliptical, hardly swelled; back hardly broader: surface a little

ribbed with a double epidermis, the outer rufous, the inner greenish : inside bluish purple.—Length 7-12, diameter 1-3, axis 1-4 of
breadth.

[3]
    In Salt river, rare, small, 1½ inch; cardinal tooth almost as in
. *Leptodea*, lamellar tooth well curved, and flexuose.

85 Sp. *Unio diaphanus*, (*Melaptera? diaphana* 1821.) Shell
very thin, transparent, oval-elliptic, swelled, broader behind, with a
small wing, surface smooth horny, inside, pale incarnate. Length
3-4, diameter and axis 3-8 of the breadth. Var. *lineolata* with fulvous greenish lines.

In small streams of Kentucky, one or two inches, rare, cardinal
tooth compressed, crenulate, lamellar well curved.

86 Sp. *Unio lasmabrachys* (*Melaptera? do.* 1820.) Shell
rather thick, oval triangular, swelled, truncate behind with an arched
ridge, surface rugose horny, inside bluish white, small truncate wing,
beaks prominent. Length 5-7, diameter 3-7, axis 2-7 of the
breadth.

Licking river, &c., 3 or 4 inches, rare, deep cavity inside : teeth
wide apart, cardinal crenulate, lamellar very short, broad and truncate in the right valve. This and the last belong more to *Melaptera*
by the teeth than the wings.

87 Sp. *Unio rimosus*, (*Eurynia rimosa.* 1823.) Shell elliptic,
thick, thinner, broader, and rimose behind : surface olivaceous nearly
smooth, inside bluish white. Length 2-3, diameter 1-6, axis 1-4 of
length.

In the Cumberland river, rare, small 1½ inch. Resembling some
Amblemas, but evidently transversal, cardinal tooth crenulate, lamellar smooth, short, nearly horizontal, but a little curved towards the
back. Perhaps a peculiar S. G. near to *Epioblasma*, it might be
called *Lemiox*.

88. Sp. *Unio fulvus*. (*Eurynia fulra.*—1823.) Shell elliptical,
thick before, sloping behind, surface depressed nearly smooth, bright
fulvous or rufous outside and inside. Length one half, diameter and
axis one fifth of the breadth.

Var. 2. *Fuscata*, brownish rufous outside, pale inside.

Var. 2. *Rufa*, quite rufous outside, iridescent inside.

In Green river, Rockcastle river, &c.,—rare, fine shell, 2 or 3
inches, cardinal tooth crenate, lamellar long and straight. Near to
my *U. auratus*.

G. OBLIQUARIA.

89 Sp. *Unio calendis,* (*Obliq. calendis.*—1821.) Shell thick and swelled, rounded, subtruncate behind, surface with broad flat wrinkles. Length 7-8, diameter 1-2, axis 1-5 of the breadth : outside yellowish, inside iridescent and uneven.

In Dick river, &c. Fine sp. beautiful nacre, rare, 2 inches. Near to *U. cyclips,* but smaller, less round, lamellar tooth quite oblique, slightly curved as in the *Plagiola,* cardinal tooth striated ; probably a *Sintoxia.*

90 Sp. *Unio Venus,* (*Obliquaria Venus.*—1820.) Shell oval elliptic, thick and swelled, truncate behind with transverse wrinkles, outside nearly smooth, of a reddish chesnut colour, inside lilac iridescent. Length 3-4, diameter 1-2, axis 1-3 of the length.

In the Kentucky and Cumberland, very rare, 3 inches wide ; the prettiest of all the Unios, resembling a Venus. Lamellar tooth thick erose obliqual. My *Unio Elliptica* sp. 8, is very near to this : both are of S. G. *Aximedia.*

91 Sp. *Unio plateolus,* (Obliq. ditto. 1823.) Shell rather thin, broad, elliptic lanceolate, attenuate and subacute behind, very compressed or nearly flat, outside brown nearly smooth, inside bluish. Length one half, diameter and axis 1-5 of breadth.

At the falls of the Cumberland. Small, 2 inches, rare. Akin to *U. cuprea.* Cardinal tooth small, bilobe, lamellar obliqual short.

92. *Unio tenellus,* (Obliq. ditto. 1822.) Shell elliptic thin, nearly equilateral, quite flat, margin erose, outside minutely striated, olivaceous with square green spots, inside bluish. Length 4-7, diameter 1-7, axis 3-7 of the breadth.

Exceedingly rare, seen only once in a stream of the Knob-hills of Kentucky. Size one inch. It is an *Aximedia* which is to be a S. G. of *Obliquaria.* Lamellar tooth obliqual very short, cardinal bilobe small as in *Leptodea.*

93 Sp. *Unio bicolor,* (Obliq. ditto. 1821.) Shell thick elliptic, lanceolate, attenuate and subtruncate behind, with an obliqual ridge, outside brown nearly smooth, inside yellow above, white beneath. Length 1-2, diameter 1-3, axis 1-5 of breadth.

In Kentucky river, 3 or 4 inches, akin to *U. dilatata,* but smoother inside, different nacre, axis more anterior : more rare and beautiful. Lamellar tooth obliqual thick.—The *U. dilatata* is however also an *Obliquaria* and may be called *Obl. violacea.*

94 Sp. ' *Unio pallens*, (Obliq. ditto. 1821.) Shell thick compressed, perfectly elliptic, both ends equal, hardly subtruncate behind, outside smooth pale yellowish, inside white. Length 3-5, diameter 3-10, axis 1-5 of the breadth.

Ohio and Kentucky, rare, 2 or 3 inches. Lamellar tooth a little obliqual, short and thick, in the left valve furrow closed as in the *G. Obovaria* and *Rotundaria*. Yet an *Elliptio* which is the same as *Ellipsaria*.

95 Sp. *Unio rivularis*, (Obliq. ditto. 1821.) Shell rather thick swelled, perfectly elliptical, slightly arcuate below, outside brown and smooth, inside, bluish. Length 4-7, diameter 3-7, axis 2-7, of breadth.

In the small streams of the Knob-hills and Cumberland mountains. Very small, hardly one inch. Lamellar tooth as in sp. 93.—Near to *U. sinuata*, sp. 67.

96. *Unio fontinalis*, (*Obliq. ditto.* 1823.) Shell thick, rounded, triangular, sub-truncate behind ; quite rounded before and below ; outside smooth, yellow, with some green spots ; inside bluish white. Length 4-5, diameter 3-5, axis 2-5 of the breadth.

At the spring of the source of Green R. in the Knob-hills, rare, very small, like a Cyclas ; but belong to S. G. *Scalenaria*, lamellar tooth obliqual, straight, short.

[4]

97 Sp. *Unio chloris*, (Obliq. chloris. 1823.) Shell oval obliqual, rather thick, and swelled ; the 3 sides rounded, outside greenish and smooth, inside bluish iridescent. Length 4-5, diameter 3-5, axis 1-5 of the breadth.

Small streams of Knob-hills. Minute shell, next to *U. calendis* Sp. 89, but distinct, lamellar tooth more curved, and not bisulcate. Both are *Sintoxia*.

98 Sp. *Unio castaneus ;* [Obliq. and Aximedia, 1823.] Shell rather thin, oval, elliptical, swelled, nearly equilateral, broader behind, outside very smooth, and chesnut colour ; inside, bluish white. Length 4-5, diameter 3-5, axis 3-7 of the breadth.

Knob-hills streams, in east Kentucky.—Very small, lamellar tooth suboblique, thin. Perhaps a variety of *U. lenigata*. Sp. 9.

G. Truncilla.

99 Sp. *Unio perplexus*. (Tr. perplexa, 1830.) Shell rather uboval, slightly swelled, only subtruncate ; rounded below, outside

olivaceous, with narrow black lines, inside incarnate, iridescent. Length 3-4, diameter 1-3, axis 2-5 of the breadth. Apex not prominent.

In the river Kentucky, about one inch, I have called it perplexing, because it deviates much from the other *Truncilla*, approximating to *Scalenaria* and *Plagiola*, but the hinge is like Truncilla.

100 Sp. *Unio granulatus*. (*Tr. granulata*, 1821.) Shell thick, subtriedral, very much swelled, rounded below, posterior truncature nearly flat, subtesselate, granular ; outside smooth, olivaceous, with broad blackish bands, inside bluish white. Length 1-2, diameter 1-2, axis 1-3 of the breadth. Apex slightly cordate.

In Salt river, rare, above one inch. Nearest to Tr. *Triqueter*, but less cordate, less tesselate, with granulations instead of warts behind. Not flexuose below, as *Tr. truncata*. Lamellar tooth very short.

101 Sp. *Unio metaplata*. (Tr. do., 1822.) Shell thick, subtriedral, much swelled, broad and curved below, posterior truncature nearly flat, hardly tesselate, subgranular above ; cuticle yellowish, inside bluish white. Length 3-4, diameter 5-8, axis 2-5 of the length. Apex deeply cordate.

Var. 1. *Villata*, with black bands.

In the Cumberland and Green Rivers, very rare ; the largest Truncilla, often 2 inches, lamellar tooth crenulate, as in *Tr. truncata*. Sp. 19.

N. B. Besides these 26 new Unio, I find in my notes the account and figures of several others, such as *U. pustulatus*, *U. punctatus*, *U. scaber*, *U. elegans*, *U. badius*, *U. crenulatus*, &c., but not having now the specimens before me, I must delay their publication.

Of my previous species of 1820, but few are found in Lamark last edition of 1819. My *U. latissima* is, perhaps, his *U. recta*. I found only 3 names, of different sp. from mine, clashing by similarity, *U. retusa*, *U. sinuata* and *U. depressa*. I have thus changed mine in consequence. My *U. retusa*, 1820, is now my *U. premorsus*, my *U. depressa* 1820, is my *U. compressus ;* my *U. sinuata* 1820 is my *U. cultratus*.

Lamark and myself gave feminine terminations to our Unios ; they are now generally made masculine, as I do here ; but this difference is of little account.

The comparative proportions of the length, breadth, diameter, and axis of the Unios and other bivalve shells, having been misunderstood by some, it may be needful to state that my formula is a kind of abbreviation of a longer exposition. Thus when I say, *length one half, diameter one third, axis one fourth of the breadth*—I meant to say, and I must be understood to state the following longer account :—

The length of the shell is one half, the diameter is one third, and the axis is at one fourth of the whole breadth, or largest dimensions of the shell.

In longitudinal shells this is reversed, the length being the longest dimension, becomes the size of comparison.

I ought to have added to the names of our late writers on *Unio*, Mr. Hildreth, who has described over again a few of my species, and Prof. Eaton, who I regret to say, has, (in his Zoological, Text-Book, Albany, 1826, now before me,) noticed 33 species of *Unio* and *Alasmodon* of Say and Barnes, but none of my previous ones ! and put them all back to the old genus *Mya* of Linneus ! This, as well as his whole Zoological book, proves that he is forty years backwards in the science of Zoology, as he is 30 years backwards in Botany, and about 20 in Geology. But this is not peculiar to him, it is the fate of one half of our Naturalists, Botanists and Geologists. The daily increase of knowledge and improvement in science is despised or neglected by them as useless innovations ! While all the world, and all the sciences move forward, they would keep those they teach or cultivate at a stand ! it is all in vain, and time will show it.

II. Genus or tribe Alasmodon.

This fine tribe of shells of which I knew only 2 species in 1819, was found rather prolific in species in 1820 and 1821. I ascertained then that it was also to be divided into several genera (subgenera or sections) offering many different peculiarities in the hinge. I have therefore established the following 4 genera with it.

1. Lasmigona. Cardinal tooth knobby, crenate and decurrent before. Lamellar tooth remplaced by an horizontal angular projection, flat above.

2. Amblasmodon. Cardinal tooth knobby, crenate and decurrent before. Lamellar tooth remplaced by an obtuse oblique knob, a furrow between it and the ligament.

3. DECURAMBIS. Cardinal tooth bilobe flexuose enamelled, decurrent on both sides, decurrence on remplacing the lamellar tooth behind, no angular knob to it.

4. SULCULARIA. Cardinal tooth small striated decurrent before. separated by an oblique furrow from a small oblique projection [5] remplacing the lamellar tooth, with a small fold in it.

All these shells are transversal and inequilateral; I have seen none yet longitudinal as among the Unios: most of the species are ribbed behind. The *A. complanata* of Say, must form another peculiar Genus, which I propose to call *Pterosyna;* having the united wings behind of the Genus *Metaptera.* The 2 *Alasmodon* of my monograph belong to the *G. Lasmigona.*

102 Sp. *Alasmodon ponderosum,* (*Lasm.* ponderosa, 1820.) Elliptical, very thick, somewhat swelled, truncate and broadly ribbed behind : yellowish and laminated outside, white and uneven inside. Length 3-5, diameter 1-3, axis 1-3 of the breadth.

In lower Ohio and in the Mississippi.—Large heavy shell, five to six inches broad, roughly rugose outside by their concentric lamina. Cardinal tooth nearly trilobe, lamellar angle obtuse, confluent together.

If these characters of the teeth should separate it from the *Lasmigona*, it may be called *Gonamblus.*

103 Sp. *Alasmodon rugosum* (*L. rugosa.* 1823.) Shell thick, elliptical, hardly swelled, subtruncate behind, broad ribs behind and below, subsinuate below, outside rugose and olivaceous, white and nearly even inside.—Length 3-5, diameter 1-4, axis 3-4 of breadth.

Tennessee river, rare, 5 to 6 inches broad. Akin to the last, but more flat, less thick and heavy, teeth different, cardinal smaller not trilobe, angular projection less obtuse, with a wrinkle and small tooth at the base.

104 Sp. *Alasmodon sulcatum,* (*L. Sulcata.* 1823.) Shell thick, elliptical and swelled, posterior slope with broad ribs, surface olivaceous with large sharp concentric ribs and broad furrows between, inside white incarnate. Length 1-2, diameter 1-3, axis 1-4 of the breadth.

River Tennessee and Mississippi : fine large shell, 6 inches broad, beautiful nacre ; cardinal tooth crenate, the angular projection acute before, obtuse behind. Beak or apex a little prominent and slightly rugose. Very rare.

105 Sp. *Alasmodon viridis* (*L. viridis disc.* 1820.) Shell thin swelled, subelliptical, quadrulated, posterior slope slanting truncate without ribs: outside greenish, nearly smooth, inside bluish, with flexuose wrinkles. Length 1-2, diameter 1-3, axis 1-3 of the breadth.

Var. I. *Chloris.* Bright green.

Var. II. *Radiata.* Olivaceous with green rays.

Var. III. *Fuscata.* Brownish.

In the Ohio and other streams. So much like *Unio viridis* outside as to be easily mistaken for it. Tooth small bilobe crenate, angular projection sharp with a wrinkle or furrow. One or two inches broad.

. 5 N. G. AMBLAMODON.

106 Sp. *Alasmodon hians* (*Amblasmodon hians*, 1823.) Shell thick; much swelled, elliptical, subobliqual and gaping, margin flexuolate, posterior slope with broad ribs. Outside rugose and yellow-' ish brown, inside even pale incarnate. Length 7-20, diameter 2-5, axis 1-4 of length.

River Tennessee, fine rare shell, 5 inches broad. Hinge quite peculiar, cardinal tooth not lobed, large subcrenate, large oblique knob on the projection decurrent, twisted and curved behind.

6. N. G. DECURAMBIS.

107 Sp. *Alasm. scriptum* (*Decurambis literata disc.* 1822.) Shell rather thin, subelliptical, very much swelled, truncate behind, nearly flat with transverse furrows and ribs, subsinuate beneath. Outside smooth greenish with blackish spots like *capital letters!—* inside bluish. Nearly equilateral, apex ardate. Length and diameter one half, axis 5-12 of the length.

In Green river. Wonderful shell, exceedingly rare and strange, outside form of a *Truncilla*, 2 or 3 inches broad. Tooth flexuose trilobe compressed, decurrence befid before. Certainly a peculiar genus.

108 Sp. *Alasm. atropurpureum* (*Decurambis ditto. disc.* 1823.) Shell rather thin, elliptical, hardly swelled, smooth and not truncate behind, subsinuate beneath : outside rugose, blackish purple, quite inequilateral, apex hardly cordate. Length one half, diameter and axis one third of the breadth.

In the river Cumberland, very rare, 3 inches broad. Tooth flexuose subtrilobe, hardly prominent. Very distinct from the last, although a true *Decurambis.*

7 N. G. SULCULARIA.

109 Sp. *Alasm. badium* (*Sulcularia badia disc.* 1821.) Shell thin, suboval, truncate obliqually behind, back straight, rounded beneath, outside smooth bay with some faint bands, inside pale bay or rufous iridescent. Length 2-3, diameter and axis 1-4 of the breadth.

Small streams of the Knobs, rare, one or two inches: tooth obtuse, projection very small.

110 Sp. *Alasm. papyraceum* (*Sulcularia papyracea disc.* 1821.) Shell very thin and flat, elliptical, broader behind, truncate crenate with furrows and broad ribs : outside olivaceous a little uneven, inside bluish. Length one half, diameter 2-9, axis one fourth of breadth.

In East Kentucky. Very rare ; 2 or 3 inches, tooth short and wide, projection with an oblique fold ; the posterior ribs are seen both outside and inside.

III. Genus or tribe LASMONOS.

8 N. G. LASMONOS. Cardinal tooth none, remplaced by a sinus, a flat tubercle, and a decurrent enamel. Lamellar tooth curved following the beak. General form of *Metaptera* with a small coalescent wing.

111 Sp. *Lasmonos Fragilis disc.* 1822.—Shell very thin, depressed, suboval, broader behind, with a small wing, some nodulosites behind, outside smooth olivaceous, inside purplish blue. Length [6] 3-5, diameter and axis 3-10 of the breadth.

In East Kentucky, very rare, 2 or 3 inches wide. Very singular shell, which I mistook at first for a *Metaptera ;* tubercle of the hinge hardly visible, lamellar tooth very long, close to the back, bifid at the end in the left valve. Type of a new Genus which may include other species when sought for in the south west.

IV. Genus or tribe, ANODONTA.

112 Sp. *Anodonta inflata.* disc. 1822.

Shell thick, elliptical ; somewhat attenuated behind, very much swelled, summits wrinkled, subprominent, outside olivaceous, wrinkled, inside white iridescent. Length 3-5, diameter 2-5, axis 3-10 of the breadth.

F

Var. 1. *Viridis.*   Green outside.

Var. 2. *Fuscata.*   Brown outside.

Var. 3. *Zonalis.*   With green and brown zones.

River Kentucky and Green, the largest and finest sp. of the West, reaching 5 and 6 inches, hinge almost without any visible fold.

113 Sp. *Anodonta digonota.* (*Lastena digonota*, 1826.) Shell thin, oval swelled, back straight, obliqual, with two angles, one before and one behind, similar to small wings, sloping behind, with a fléxuose edge; outside laminated, pale, olivaceous, inside bluish white, iridescent. Length 5-8, diameter 3-8, axis 1-4 of the breadth.

From Lake Erie, two inches, hinge inside, with a flexuose fold, separated from the straight back. Perhaps a peculiar S. G. *Flexiplis.*

I have besides, another doubtful *Anodonta ; A. rufa,* probably a var. of *A. ohiensis,* sp. 58.

- - -

V. Genus or tribe, CYCLAS.

I have no new sp. of Cyclas; but I am enabled to present a beautiful new genus of this tribe, which forms the passage between *Unio* and *Cyclas.* I call it *Diplasma,* meaning double lamellar teeth. The specimen before me, was not collected by myself; it belongs to the cabinet of shells of Mr. Hembel, of this city, who has had the goodness to lend it to me. It is labelled *Unio,* and is supposed to come from the river Tennessee, which I am inclined to doubt, because I have in my cabinet, a specimen nearly alike, from the river Ganges, collected by Dr. Burroughs, and because the G. *Diplasma* appears to be Asiatic. I therefore suspect that this species of Mr. Hembel, is also from Hindostan, and shall therefore include it in the following

APPENDIX.

On eight Asiatic bivalve fluviatile shells.

These shells were all collected in the rivers of Hindostan, by Dr. Burroughs of this city. They appear very different from our North American shells, forming even often peculiar genera. They are 3 sp. of *Diplasma,* 1 sp. *Loncosilla,* 2 sp. *Lampsilis,* and 1 *Obliquaria.*

9 N. G. DIPLASMA.

Shell inequilateral and transversal, hinge with two lamellar teeth, nearly confluent, united into a curve, not serrulate, more or less unequal, bilamellar anteriorly in the right valve, bilamellar posteriorly in the left valve.

Certainly a distinct Genus, more like *Cyclas* and *Iiria*, in the hinge than *Unio*, although so labelled by Dr. Burroughs and our conchologists, by the external form merely. I suspect that many Asiatic *Unios* belong to it. I shall describe 3 of them, besides our doubtful American species.

114 Sp. *Diplasma marginata*. Shell thin, elliptical, swelled, back horizontal, sloping and truncate obliquely behind ; outside very smooth, shining brown, anterior and interior margin yellowish, inside pale incarnate. Length one half, diameter 1-3, axis 3-10 of the breadth.

From the river Tennessee, as stated to Mr. Hembel; but so near the next, that the fact appears doubtful to me ; perhaps the locality has been erroneously stated or labelled in Mr. Lea's cabinet, from whence the shell is said to have come, and it may be also a shell from Hindostan. Lamellar tooth properly curved, the anterior pretty long. Size of the shell over two inches.

115 Sp. *Diplasma similis*. Shell very thin, elliptical, not swelled, back horizontal, truncate obliquely behind, hardly sloping, outside smooth, dark olivaceous, with a pale margin, inside bluish incarnate. Length 7-15, diameter 4-15, axis 1-5 of the breadth.

From the river Ganges, so similar to the last as almost to appear the same, yet thinner; flatter, and teeth somewhat different, forming almost an angle rather than a curved arch, anterior tooth shorter, oblique, the posterior perfectly horizontal. Length nearly two inches.

116 Sp. *Diplasma vitrea*. Shell very thin and brittle, almost transparent, oval swelled, broader behind, with a slope outside, very smooth, greenish, or fulvescent, inside whitish, teeth subequal. Length 2-3, diameter 2-5, axis 2-5 of the breadth.

From the river Jellinghy in Bengal. Small, hardly over one inch, fine delicate shell.

117 Sp. *Diplasma striata*. Shell thick, suboval, swelled, behind sloping subtruncate and transversally striated, outside olivaceous greenish, smooth below, but longitudinally striated above ; strias in

a zigzag form in the middle, inside silvery white, teeth subequal, much curved. Length 2-3, diameter 2-5, axis 5-12 of the breadth. Also from the river Jellinghy. Small, hardly one inch. This and the last agree in many points, and might form a peculiar sub-

[7]

genus *Hemisolasma,* having *shell ovate, axis submedial, lamellar teeth subequal.*

118 Sp. *Unio fulgens,* [*Lampsilis fulgens.*]

Shell thick, elliptical, swelled, attenuated behind, outside nearly smooth, laminated, ferruginous brown; inside of a beautiful metallic incarnate and iridescent. Length 1-2, diameter 1-3, axis 1-5 of the breadth.

From the river Ganges, two or three inches, beautiful shell, a true *Lampsilis,* with a long flexnose lamellar tooth subcrenulate; cardinal tooth compressed crenulate. Anterior fossule, very conspicuous below the anterior impression.

119 Sp. *Unio Argyratus,* [*Lampsilis argyratus.*]

Shell thin, elliptical, swelled, attenuated behind, outside laminated greenish, decoricated and silvery at the summit, inside bluish irides-cent. Length 1-2, diameter 1-3, axis 1-16 of the breadth.

Also from the river Ganges. Size one and a half inch. Very near to the S. G. *Leptodea,* but teeth as in the last, cardinal small crenulate, lamellar less flexuose, not crenulate. In both the teeth are wide apart as in all the *Lampsilis.*

120 Sp. *Unio corrugata,* of the authors from the river Baramputra, it is an *Obliquaria,* very near to my *U. Venus* and *U. Elliptica,* S. G. *Aximedia.* In Mr. Poulson's cabinet, I have not yet been able to determine precisely whether it is well named, and not having the specimen before me, I cannot describe it.

10 N. G. LONCOSILLA.

Shell transversal, unequilateral, somewhat gaping, only one mus-cular impression anteriorly. No teeth as in *Anodonta,* but a hinge with a marginal nerve, or fold anteriorly; distinct from the margin, and a little obliqual behind. Ligament small at the very summit.— Animal unknown.

A distinct genus of the tribe *Anodonta,* which had been mistaken for a fluviatile *Solen* by Dr. Burroughs the discoverer of it; but all the *Solens* are marine shells. The name means little knife; it is different from all my S. G. of Anodonta.

121 Sp. *Loncosilla solenoides*, or *Anodonta solenoides*. Shell elliptic, somewhat swelled, both ends rounded and a little gaping, back horizontal, outside and inside smooth and whitish. Length 1-3, diameter 2-7, axis 2-7 of the breadth.

From the river Jellinghy in Bengal. Small, seldom one inch long. Posterior nerve of the hinge short.

Addition.—11th N. G. DIANISOTIS.

The examination of these Asiatic shells, enables me to affirm decidedly that the *Symphonota bialata* of Lea is also a peculiar genus, very different from our *Metaptera*, nearer to *Hiria* and *Diplasma*. I have seen it in Mr. Poulson's cabinet, and ascertained that it has, like *Lasmonos*, a lamellar tooth on each side, forming a curve as in Diplasma, but these teeth appear simple, not forked, and the *two unequal ears*, [whence my name] or wings distinguish it as *Metaptera* from *Unio*, and *Pecten* from *Ostrea*.

I propose to call it *Dianisotis chinensis*, as *bialata* is not a specific but generic character. I could see no cardinal tooth.

SUPPLEMENT
On the Fossil Bivalve Shells of the Western Region.

Almost all the fossil bivalves of the western states from Ohio to Alabama, belong to the great order of Terebratulites or rather Brachiopites, whose animals of G. *Brachiopus* were very different from those of the living bivalve shells, having ciliate limbs. My monograph of 1821 contained 23 genera, all new except five [and about 80 species] and five others had already been published in 1819 by me in my account of 70 N. G of animals, *Journal de Physique.*

I propose to give an epitome of this monograph which I have not yet seen in print. I possess nearly all the shells. They are found in the secondary strata of limestone, slate and sandstone which extend from Lake Erie to the Gulf of Mexico, in horizontal strata, the limestone being the lowest, and the sandstone the highest, forming in many parts hills and ridges from 100 to 500 feet high. They are very rare in the slate.

Order BRACHIOPIA.

Animal *brachiopus* when living, *brachiopites* when fossil. Shell bivalve, animal within having a bilobed mantle, and two thick ciliate arms or limbs.

I. Family, LINGULARIA. Shell equivalve, longitudinal, inequilateral, valves entire, not perforated, 1. G. LINGULA of Brugiere.

II. Family TEREBRARIA. Shell inequivalve, one valve perforated or emarginated.

1st Section, *Macrilia*. Shell longitudinal.

2 G. DICLISMA, Raf. Equilateral, the two valves split at the summit.

3 G. APLEUROTIS, Raf. 1819. Inequilateral, the great valve perforate, and with a lateral wing.

4 G. TRIGORIMA, Raf. Equilateral, smaller valve perforate, four cavities at the base separated by three septa.

5 G. OBOVITES, Raf. Equilateral, the great valve perforate.

6 G. MAGAS (Sowerby) equilateral, great valve with an angular opening.

2d Section, *Isilia*. Shell equilateral, nearly equital or hardly transversal.

7 G. TEREBRATULA (Brugiere) great valve perforate.

8 G. SPINIFER (Sowerby) subequital, great valve with an angular opening, hinge with two spiral appendages.

9 G. GONOTREMA, Raf. Shell subtransversal, small valve with an angular opening, and interval cavity, hinge short, straight or curved.

3d Section, PLATILIA. Shell equilateral, transversal or very broad.

[8]

10 G. PLATILITES, Raf. Small valve with an angular opening and internal cavity, hinge very long, often longer than the shell which is thus winged.

11 G. PLEURINIA, Raf. Differ from last by the great valve perforate, shell winged also.

12 G. PACHILOMA, Raf. Inequilateral, with thick edges, hinge with a linear opening.

13 *Strophomenes*, Raf. Equilateral, hinge broad, great valve notched by a lunulate sinus receiving a lunulate projection of the smaller valve.

III. Family ATREMOSIA. Shell inequivalve, valves entire, not perforated.

14 G. ORBICULA (Cuvier, Lamark.) Shell orbicular, one valve flat and one conical.

15 G. *Strophesia*, Raf. Shell orbicular equilateral, beak curved in the great valve.

16 G. *Diclipsites* Raf. Differs from last by hinge short and straight; no proeminent beak.

17 G. TRUNCULITES, Raf. Subequital, valves convex, equilateral, nearly equal, hinge short and truncate.

18 G. *Productus*, (*Sowerby*,) Equilateral, winged, or rather auriculated, one valve convex, the other flat or convex, hinge linear.

19 G. *Styriasis*, Raf. Differ from last by great valve, with a projecting cruciform appendage on the beak.

20 G. *Goniclis*, Raf. Shell longitudinal, great valve concave inside, with a longitudinal angle outside.

21 G. *Megarites*, Raf. Shell longitudinal, equilateral suborbicular, valves nearly equal, both convex with concentric ridges, hinge like a linear horizontal fissure.

Most of the species belong to the following Genera.

Obovites—6 sp.

Gonotrema—15 sp.

Platilites—13 sp.

Shophomenes—16 sp.

In a supplement of March 1821, I added 2 N. G.

22 G. *Amblotrema*, Raf. Differs from *Gonotrema* by the opening or perforation, being oval or oblong, and obtuse.

23 G. *Pleuranisis*, Raf. Differ from *Platilites* by having the shell inequilateral.

The geological age of these shells appears the same as that of the oldest fossils, Madreporites, Turbinolites, Encrinites, &c., being found together and promiscuously in the same strata, or in diluvial debris; but the different genera and species are not found together, sometimes they are wide apart, or very rare; they are mostly silicified.

[From the Atlantic Journal and Friend of Knowledge. No. III., page 116 Philadelphia, 1832.]

[116]

14. LUCILITES NIGRA, *a new univalve fossil Shell. from the Alleghany Mountains of Pennsylvania. By C. S. Rafinesque.*

This pretty fossil is in the Cabinet of my friend Hayden, in Baltimore, who found a single specimen of it, on the side of a limestone cliff at Bedford Springs, in a valley of the Alleghanys of S. Pennsylvania. It was taken 60 feet from the ground. It is the most shining fossil Shell which I have seen, almost as if recent, whence I have called it *Lucilites* or shining fossil. Its black color very unnatural among shells makes a fine contrast with the dull blue limestone in which it is fixed. It belongs to the familly of Patellites, and

[117]

only differs. from Patella, by being elliptical and smooth, without radiations.

G. *Lucilites* Raf. Simple univalve pateloid shell. Elliptical entire, outside convex smooth without radiations, inside concave smooth. No openings or fissures.

Sp. *L. nigra.* Black shining outside, both ends equal obtuse. Length double of the breadth. Over half an inch in the specimen

[From the Atlantic Journal and Friend of Knowledge. No. III., page 121. Philadelphia, 1832.]

[121]

PSEPHIDES PARADOXA.

22. CONCHOLOGY.—*A New Tubular fresh water shell of the Alleghany Mts.*

I was much gratified to find this year a new fluviatile shell of the simple tubular form ; but the animal was not within. It was found in Sherman creek, a mountain stream of Perry County, Pennsylvania, among the Alleghanies.

This strange shell has something mysterious in it. It appears a mass of gravel ; strongly cemented, even holding sometimes minute fossil terebratulites and other fossils. It is not therefore the tube of a *Phryganea*. Since they are all brittle, arenaceous or membrana-ceous. Yet the worm that forms it and dwells in it, (as no mollusca form tubular shells) is unknown, and I was told none has ever been seen in it. A singular idea was suggested to me by Prof. Green that it might be a fossil's shell! Since it is found in a rich fossil [122] region; and has a stony appearance; but being found free, in the water or on the banks of the stream, and never imbedded in stones it can hardly be so. The subject must remain doubtful, until other consimilar Genera are found. Meantime I give a figure of it, and its description; whereby it appears to approximate to the Sabel-lites and other tubular annelides, perhaps also to my G. *Potami-phus* of the R. Ohio, published in 1819, whose worm I detected; but its shell is arenaceous open at both ends and operculate before. My name of *Psephides* means *gravelly tube*.

PSEPHIDES. Cylindrical tubular shell, open before, closed behind. opening round entire, inside smooth hard stony, outside entirely formed by cemented gravel and little shells.

Psephides paradoxa Raf. Uncial, diameter equal throughout, about one sixth of length and obtuse, inside brown, outside versi-color.—Length less than one inch. The gravel of the outside is of all colors, formed by small angular fragments of shale, slate, clorite, quartz and other stones *seldom found in Sherman Creek!* and even entire fossil shells or fragments of fossils.

C. S. RAFINESQUE.

FOSSILS OF SHERMAN CREEK.

I have discovered this year, this new locality for fossil remains, and collected about 50 sp. in a tract of 5 miles near the Kennedy Springs, in the Quaker hills and Mt. Pisgah forming a geological basin of red, yellow, brown and white sandstone, gravel or pebble stone and conglomerate, holding chert of all colors. The fossils are found in all, and even the chert or Petrosilex. They are of the oldest formation.

I mean to give hereafter a full account of this fine oryctological region and all the fossils collected in it. I shall here merely indicate them. Most of them are new.

Vegetable fossils. Fucites 2 Sp.

Animal fossils. Porostomites 2 Sp. Encriuites 2 Sp. Turbino-lite 1 Sp.

Fossil shells.   Orthoceratite 1 sp. Gryphites 3 sp. Diclisma 3 sp.
Productus 6 sp. Terebratulite 8 sp. Eurytes 3 sp. Gonotrema 2 sp.
Diclipsites 4 sp. Trunculites 3 sp. Pleureterites 10 sp. &c.

This last is a fine N. G. quite prolific in sp. it differs from Productus by being inequilateral. Nay it may be the type of a new
tribe, since one sp. which I have called *Pl. stellata* having a bilobed
hinge and a quadrifid shell might also form a peculiar G. *Hemisterias quadrifida.*   C. S. R.

[From the Atlantic Journal and Friend of Knowledge. No. IV., page
    142. Philadelphia, 1832.]
    [142]
        New Fossil Shells of Pennsylvania, by C. S. Rafinesque. .

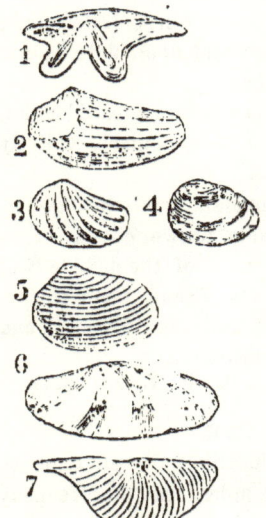

Among the 40 N. sp. of Bivalve fossils
found this year on Sherman cr. in the
Alleghany mts. I select those which are
unequilateral as the most curious, and I
shall describe 10 of them giving above
the figures of 7, ranged under 3 new
genera. All are Inequivalve.

1. N. G. HEMISTERIAS Raf. Shell
transversal with 2 wings thus unequilateral, hinge with 2 teeth and an angular
sinus outside at the beak, margin lobed
——*H. quadriloba* fig. 1. Four obtuse
lobes and 3 obtuse sinusses, lateral lobes
like wings one much longer, an oblong
furrow on each lobe, length half of
breadth. .

2. N. G. TELISTROPHIS Raf. Shell
unequilateral transversal with one wing on the longest side, hinge
without beak, straight with a round impression inside at the apex,
margin unlobed— *T. torsala* fig. 7. Shell convex, minute longitudinal curved strias, short side rounded, long side with a twisted
obtuse wing, length 2-5ths of breadth.—Impression in Petrosilex,
one inch. .

3. N. G. PLEURETERITES R. Shell unequilateral transversal without wings, hinge more or less curved simple or with a wrinkle and
a beak, margin unlobed.—The name means irregular sides, *Telistrophis* means spotted hinge, and *Hemisterias* means half starry—
8 sp.

1 Sp. *Pl. lateristria* R. fig. 2. Shell oblong, small side smooth, longer side with 5 transversal furrows, axis far behind, length one third of breadth—In petrosilex, one inch long.

2 Sp. *Pl. divisa* R. Shell oblong divided in the middle by a large furrow and small sinus at the end of it, 5 curved ribs on the small side, 7 on the large divided by deep furrows, small side rounded, longer attenuate, axis proeminent submedial, length half of breadth. In grey petrosilex, over one inch.

3 Sp. *Pl. anisocta* Raf. Shell swelled rounder, a deep furrow in the middle, 8 curved unequal ribs, 4 on each side, small side round, longer side truncate, beak proeminent submedial, length 3-4ths of breadth. In variegated petrosilex, about one inch..

4 Sp. *Pl. latiundata* R. fig. 6. Shell oblong both ends obtuse, 3 [143] or 4 broad waved ribs, margin flexuose, beak submedial, length 2-5 of breadth. With the last larger.

5 Sp. *Pl. striata* R. Shell oblong, swelled both sides rounded, hinge flexuose by arched beak, equal longitudinal strias throughout, beak submedial, length half of breadth. In white sandstone, nearly two inches.

6 Sp. *Pl. bifasciata* R. fig. 4. Shell rounded swelled, smooth with two faint transversal bands or wrinkles, beak round lateral, length 2-3ds of breadth. In yellow sandstone, small, half an inch.

7 Sp. *Pl. concentrica* R. fig. 5. Shell oval, minute concentric strias, beak obtuse at 1-3, sides rounded, length 2-3ds of breadth. In petrosilex.

8 Sp. *Pl. obliqua* R. fig. 3. Shell oval oblique swelled, 8 curved oblique furrows, 3 and 4 on the sides of the middle one, beak proeminent at 1-3, length 2-3 of breadth. In grey chert or petrosilex, small half an inch, near to sp. 3, but less deeply furrowed not truncate behind.

[From the Atlantic Journal and Friend of Knowledge. No. IV., page 154. Philadelphia, 1832.]
[154]
CONCHOLOGY. TWO NEW BIVALVE FLUVIATILE SHELLS OF S. AMERICA, By C. S. RAFINESQUE.

These two fine shells are from the Cabinet of Professor Green, who permitted me to draw them and describe last March. They are both from the R. Parana above Buenos-Ayres.

1 *Anodonta aperta* Raf. Oval elliptical much swelled, broader behind and slanting, very smooth and dark brown outside, quite gaping below, iridescent white inside. Length and diameter ½ of breadth, axis at ¼. Fine large sp. 6 inches broad, shell rather thick, beaks proeminent, not gaping at the ends but below ; hinge streight slanting ending in 2 small angles, no wrinkles on it, but slightly flexuolate beneath.

2. *Unio paphos* Raf. Oval, flexuose and subtruncate behind, with an obliqual ridge from the beak, brown outside with many minute concentric strias, inside purplish-white. Length 2-3, diameter 7-18, axis at 1-3 of the breadth. Pretty sp. 2 inches broad, shell rather thin for Unios, lamellar tooth slightly curved, cardinal tooth sub-bilobe crenate. Beaks not prominent.

ODATELIA N. G. *of N. American Bivalve fluviatile shell. By C. S. Rafinesque.*

One of our Ohio shells, which has been put with the *Unios* or *Anodonta* by different writers ; it was unknown to me till I observed it in Prof. Green's cabinet, and I immediately ascertained that it must form a N. G. or group between *Anodonta* and *Sulcularia*. I call it *Odatelia* meaning imperfect teeth.

ODATELIA Raf. Cardinal tooth imperfect like a callosity, with a large desinense as in *Alasmodon*, becoming an imperfect lamellar tooth angular as in *Lasmigona* This G. must belong to the series of *Anodonta*, but forms the passage with *Alasmodon*. How Say and Lea could put it with *Unio!* is rather strange.

Odatelia radiata Raf. Elliptical flattened elongate, broader behind with subtruncate end, outside olivaceous brown, with black rays, inside bluish iridescent. Length 1-3, diameter 2-9, axis at 2-9 of the length.

Unio Oriens. Lea.

Unio dehiscens. Say.

Anodonta prelonga. Green.

Breadth over 2 inches, shell rather thin both ends rounded and brown.

[From the Atlantic Journal and Friend of Knowledge. No. V. page 165. Philadelphia, 1833.]

'165'
On 3 N. G. of Land Shells from Buenos Ayres in South America. By C. S. Rafinesque.

They are from the cabinet of Prof. Green, where they are not labelled, and who permitted me to describe them.

1. *Siphalomphix*, Raf. N. G. shell conical, opening oval acute, end rounded, columella twisted with a tubular ombilic. It differs from *Agathina* by the columella and ombilic.

S. bonariensis Raf. or Ag. bonariensis, Raf. Six spires tip nearly obtuse, first spire with a transversal angle—shell about one inch long, whitish semi-transparent, brittle.

2. *Stegomphix*, Raf. N. G. shell oval opening nearly round lips not quite joined, the internal covering a small spiral ombilic.—Therefore different from *Cyclostoma* and *Paludina*.

St. elegans, Raf. (or *Cyclostoma*) oval with 5 spires, white, end nearly obtuse yellow, spires with many small prominent transversal strias.—One inch long or less very pretty.

3. *Diplicaria*. Shell oval, opening oval, columella broadly plaited with 2 folds or thick oblique ribs.—Near *Voluta* and *Torticella*, but not marine.

D. bonariensis, Raf. Oval obtuse smooth olive color with 2 spires only—small shell of half inch.

On five New Fresh Water Shells, of Bengal and Assam in Asia.

They have been collected by Dr. Burroughs and are in my cabinet.

1. *Planorbis albescens*, Raf. nearly smooth whitish flattened on the right side with 3 raised spires, only 2 on the left in a hollow, opening hardly oblique. Size above half an inch.

2. *Paludina vitula*, Raf. oval conical acute, 5 spires, swelled before, olivaceous with narrow spiral brown bands.—Size about one inch long.

3. *Paludina fragilis*, Raf. oval swelled acute, 5 spires, smooth [166] brittle, of a uniform dark or pale horny color.—Smaller than the last.

4. *Melania tessula*, Raf. oblong, brown, seven spires, somewhat tesselated by prominent ribs and small spiral strias, about one inch long, I have 3 varieties. 1. first spire with duplicate strias—2. do. single strias, knobby tesselate shorter. 3. do. strias nearly obliterated. Are they different Sp ?

5. *Melania costula*, Raf. elongate, olivaceous brown, 7 or 8 spires, all with regular angular ribs lengthway, the first spire with a spiral angle ending at end of opening. Over 1 inch, from the river Ganges.

[From "The Good Book and Amenities of Nature, or Annals of Historical
and Natural Sciences." Philadelphia, 1840.]

[**63**]

12. On the 3 Genera of Cephalopodes,
OCYTHOE, TODARUS and ANISOCTUS.

My G. *Ocythoe* altho' adopted by Leach and others, is yet a pro-
blematical animal for many, and I find even in late Journals discus-
sions on its being or not the animal of the *Argonauta* shell—it would
be wiser to ask me (the original discoverer) for my opinion or ex-
perience—I once wrote to Leach about it, but it was during his
sickness, and I believe he omitted to publish my remarks, which
were at variance with his. It is time therefore to settle this question,
or rather throw new doubts on it perhaps; my recollections of my
Ocythoe are quite vivid as a very remarkable animal.

I omitted in my short account of the Genus (in my precis of 1814)
to state the size of this animal, and thence have originated many
wrong surmises. I did not state that it was the animal of the
Argonauta since I never dreamt of such a thing, knowing the
Todarus as the animal often found in it, (in Sicily,) while the
Ocythoe never could dwell in it, *being larger than a man's head,
and weighing* 15 *pounds.*

Such was my *Ocythoe tuberculata* type of the genus and certainly
not the same as that of Leach : this animal was brought to me alive
in 1811 as a rare kind of *Octopus*, it was ferocious, endeavoring to
bite and wound the holder, although out of water for one hour : *it*
[**64**]
changed color like a Chameleon from white to red in its angry and
dying moments. It was killed as usual with the Octopus by turning
its head, a process well known to the Fishermen of the Mediterra-
nean : else they will live long out of the water and are dangerous
till dead. I did eat this Ocythoe which afforded a meal for many,
and it was as good as usual with the Octopus. The Fishermen
never told me that it dwelt in the Argonauta, while all deemed their
Todaru the animal of it, calling the shell and animal by the same
name, while the Ocythoe was called *Pulpu.*

I do therefore aver that my *Ocythoe* is not the animal of the
Argonauta, and could never be, by its size and thick spherical body,
unfit even to enter it.

Not so with the *Todaru,* which was merely indicated in my precis
as the *Loligo todarus;* but I have since deemed it a Genus, called

Todarus argo, as it differs from *Loligo* by the 2 superior Antenopes having a cuneiform wing or broad membrane, yet it has the body of Loligo, with 2 posterior round wings, and an internal Aploste, linear subulate thin and flexible.

This animal is exactly of the size and flexible shape suitable to ·enter the Argonauta and dwell therein: although I never was sure that it was the real producer of the shell—the fishermen asserted it, .it is met floating with it and using its 2 winged feet as sails, I had it caught and brought to me with its black eggs filling the bottom of the shell—and yet I never was positive as to being the real mysterious Argonauta. I was once inclined to believe it, but the animal was so different from that described by Montford and others, its body was so unlike the fluted shell, that I always had great doubts.

[65]

It is well known that many shells of Argonauta are blackened in their inner apex : this happens by the black eggs laying there, although the *Todarus* has not the ink bag of the real Loligos, yet it emits a kind of dark liquor and its eggs are blackened by it. I incline to believe that it uses the shell as a home, boat and nest, at the time of laying eggs, and changes the shell yearly. It has no kind of adhesion to it, and may be entirely withdrawn with ease.

I give here the figures of both *Ocythoe* and *Todarus argo*. This last is fulvous grey above, white beneath, body oblong smooth, 2 rows of alternate cupules on the antenopes that are shorter than body, but promuscides as long without cupules.

A third Genus medial between these two was found by me in the Atlantic Ocean in 1815, and I procured 2 sp. of it, both pelagic, floating at the surface. I called it *Canopus* then, but this name being employed I have changed it to *Anisoctus* mg 8 unequal.

G. Anisoctus Raf. differing from Octopus by body as Loligo with a very small subulate aploste (internal bone) but 8 unequal Antenopes,·as in Octopus.

1. *Anisoctus punctatus* Raf. L. body whitish dotted of brown, Antenopes cylindrical coiled at the end, 2 longer, 2 shorter, cupules alternate—5 inches long.

2. *Anisoctus bicolor* Raf. body bay above, white beneath, antenopes trigone acute nearly equal cupules alternate—7 inches long.

Figure 50, Ocythoe tuberculata.

Figure 51, Todarus argo.

Fig. 52, 53, Anisoctus punctatus and bicolor.

[66]

13. DITAXOPUS PARADOXUS, a new Fossil G. of Cephalopodes, discovered 1819—Figure 54 and 55, Shell and Animal.

This was one of my most remarkable discovery in fossil Zoology, among the Wasioto hills of Central Kentucky. While breaking many fossiliferous flints of that Region, I fell upon one having in the centre, a perfect hollow mould of a Univalve shell, shaped between Haliotis and Carinaria, and containing inside a delicate flinty Animal almost perfect, of the most extraordinary shape. It was however evidently a Cephalopode, since the cupules were conspicuous on the Antenopes; but these were not around the head or body, somewhat as in the Cirrhipedes or Terebratules although not articulated as in these. It is difficult to convey a proper idea of this strange animal, but the figures will explain it better.

I carefully put up the fragments of the Stones together, and presented this unique specimen (worth 50 dollars) to my friend John D. Clifford for his Museum, where it was preserved, and is perhaps yet in this ;collection, (since gone thro' 2 or 3 hands) if not stolen or broken. I sent descriptions and figures of it to Cuvier and Brongniart, but have not heard if they published them.

This discovery is of double importance, because it links with the rare G. Carinaria, of which the animal is as mysterious as that of the Argonauta, and may lead us to detect a new order of the Cephalopodes class, distinguished by a single elongate branched antenope. I gave it the name of Ditaxopus, meaning 2 rows of feet.

[67]

Description. Shell univalve ovate patent smooth with a small obtuse knob of spire at base, and an obtuse keel behind,—Animal, body amorphous in the fossil state, ending in a long curved limb with above about 6 pairs of antenopes in 2 rows, opposite curved or coiled, the upper longer, all obtuse cylindrical with 2 rows of alternate cupules or tubercles inside.

Found near Estil, Gritstone hills of Central Kentucky imbedded in fragments of flint or chert. Size over one inch. The shell was destroyed; the fossil being of the very oldest formation.

INDEX.

Pl. LXXX

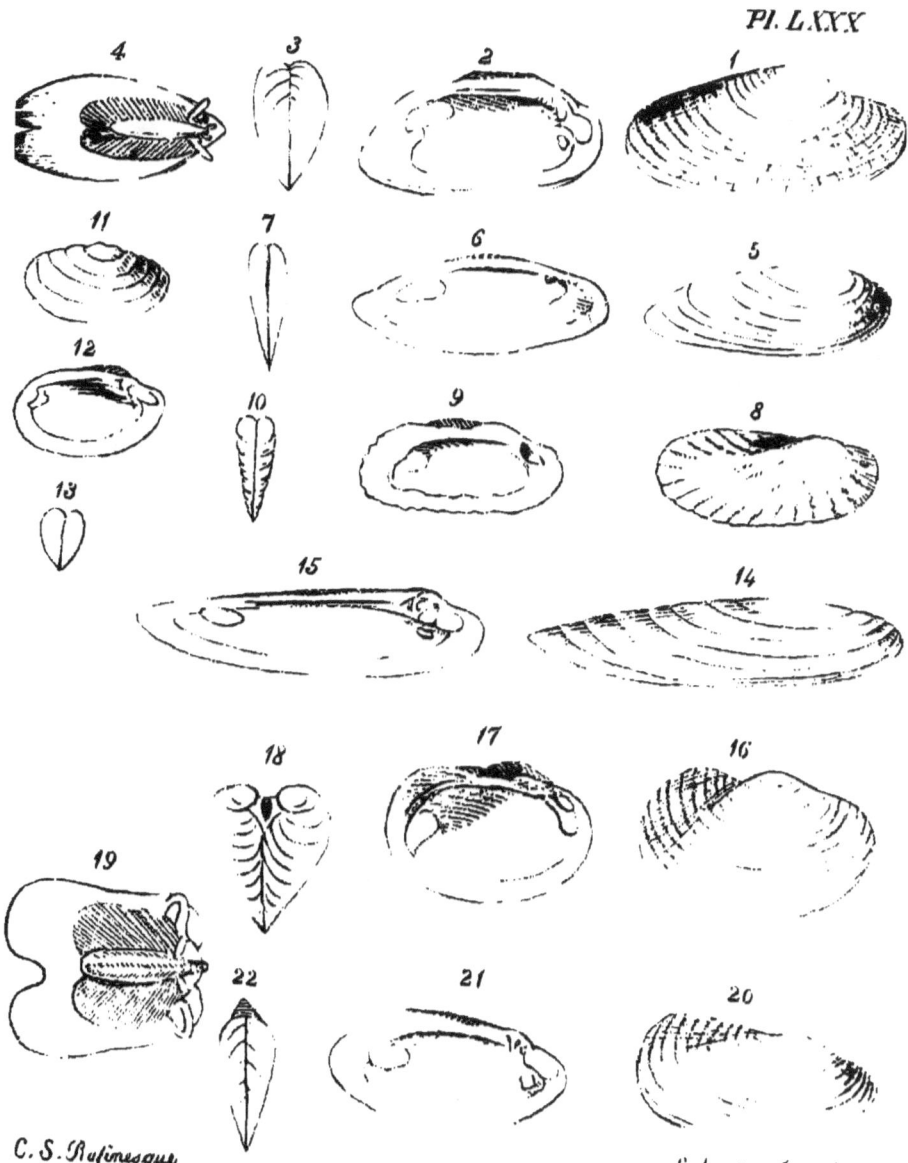

C. S. Rafinesque

Lith. des Annales

Pl. LXXXI

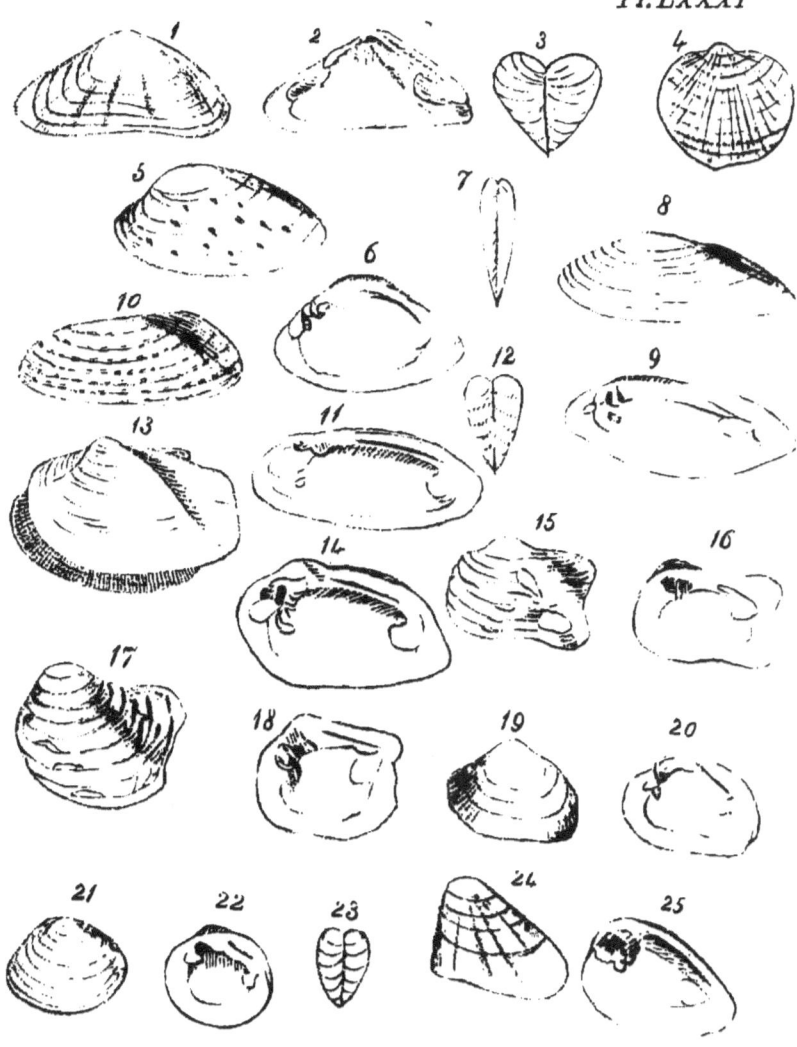

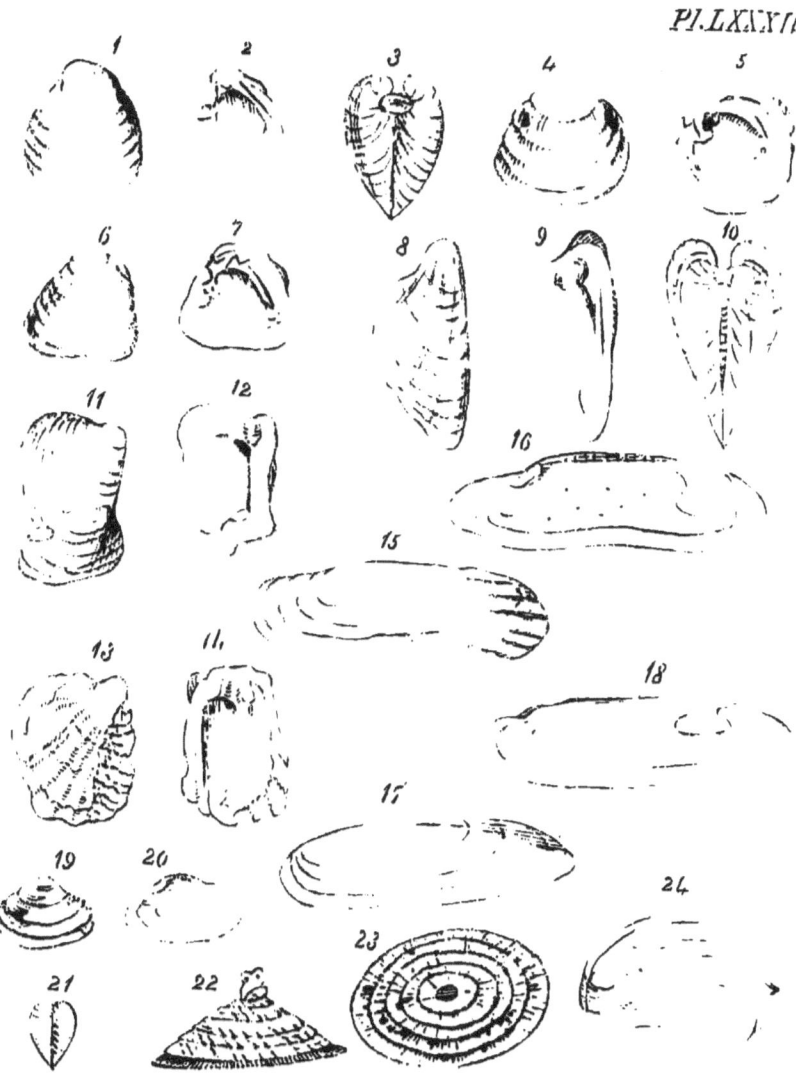

C.S Rafinesque   Lith. des Annales

This is *Obovaria lens* Lea (1831) of Simps. Synops., p. 600, Descr. Catal., p. 293.

Obovaria olivaria Raf.

Amblema olivaria (U. olivaria) Raf. Monogr. (1820), p. 314, No. 53.

The types are A. N. S. P. Coll. No. 20,251, from the Kentucky River.
Length 58, height 46, diam. 32 mm.
Length 53, height 40, diam. 29 mm.
This is *Obovaria ellipsis* Lea (1828) of Simps. Synops., p. 602, Descr. Catal., p. 299.

Plagiola lineolata Raf.

Obliquaria depressa (U. depressa) Raf. Monogr. (1820), p. 303, No. 22, Pl. 81, figs. 5, 6, 7.

The type is A. N. S. P. Coll. No. 20,207, from the Ohio River.
Length 50, height 37, diam. 16 mm.
This is not *Unio depressa* Lam. (1819).

Obliquaria lincolata (U. lincolata) Raf. Monogr. (1820), p. 303, No. 23.

The type is A. N. S. P. Coll. No. 20,242, from the Ohio River.
Length 71, height 61, diam. 33 mm.

Obliquaria ellipsaria (U. ellipsaria) Raf. Monogr. (1820), p. 303, No. 24.

This shell is A. N. S. P. Coll. No. 20,233, from the Ohio River.
Length 58.5, height 48, diam. 39.5 mm.
These three shells are *Plagiola securis* Lea (1829) of Simps. Synops., p. 603, Descr. Catal., p. 304.

Plagiola elegans Lea.

Truncilla truncata (Unio truncata) Raf. Monogr. (1820), p. 301, No. 19.

The type is A. N. S. P. Coll. No. 20,217, from the Falls of the Ohio River.
Length 42, height 36, diam. 22.5 mm.
This is not *Unio truncata* Spengl. (1793).

Unio metaplata (Tr. do. 1822) Raf. Continuation of Monogr. (1831), p. 4, No. 101.

The type is A. N. S. P. Coll. No. 20,258, from the Cumberland River, gift of S. S. Haldeman.
Length 47, height 39, diam. 27 mm.
These two shells are *Plagiola elegans* Lea (1831) of Simps. Synops., p. 604, Descr. Catal., p. 307.

Tritogonia verrucosa Raf.

Obliquaria verrucosa (U. verrucosa) Raf. Monogr. (1820), p. 304, No. 26, Pl. 81, figs. 10, 11, 12.

The types are A. N. S. P. Coll. No. 20,235, from the Ohio River.
Length 100, height 56, diam. 32 mm.
Length 93, height 53, diam. 28 mm.
This is *Tritogonia tuberculata* Bar. (1823) of Simps. Synops., p. 608, Descr. Catal., p. 318. *Unio tuberculata* Bar. (1823) is preoccupied by *Unio tuberculata* Raf. Monogr. (1820), pp. 308, 311, 312.

Cyprogenia stegaria Raf.

Obovaria stegaria (Unio stegaria) Raf. Monogr. (1820), p. 312, No. 49, Pl. 82, figs. 4, 5, var. 1, *tuberculata* Raf.

The type is A. N. S. P. Coll. No. 20,241, from the Ohio River.
Length 47, height 49, diam. 32 mm.
This is *Cyprogenia irrorata* Lea (1830) of Simps. Synops., p. 610, Descr. Catal., p. 326. The name *tuberculata* is preoccupied by Raf. Monogr. (1820), p. 308, No. 37.

Obliquaria reflexa Raf.

Obliquaria reflexa (U. reflexa) Raf. Monogr. (1820), p. 306, No. 31.

The types are A. N. S. P. Coll. No. 20,206, from Letart Falls.
Length 54, height 49, diam. 34 mm.
Length 50.5, height 46.5, diam. 35 mm.
This is *Obliquaria reflexa* Raf. of Simps. Synops., p. 611, Descr. Catal., p. 330.

Ptychobranchus fasciolaris Raf.

Obliquaria fasciolaris (U. fasciolaris) Raf. Monogr. (1820), p. 303, No. 25.

The type is A. N. S. P. Coll. No. 20,253, from the Kentucky River.
Length 81, height 49, diam. 28 mm.
This is *Ptychobranchus phaseolus* Hild. (1828) of Simps. Synops., p. 612, Descr. Catal., p. 333.

Lastena lata Raf.

Anodonta lata (Lastena lata) Raf. Monogr. (1820), p. 317, No. 59, Pl. 82, figs. 17, 18.

The type is A. N. S. P. Coll. No. 20,227, from the Kentucky River.
Length 61.5, height 25, diam. 13 mm.
This is *Lastena lata* Raf. of Simps. Synops., p. 654, Descr. Catal., p. 453.

Symphynota viridis Raf.

Unio viridis (Elliptio viridis) Raf. Monogr. (1820), p. 293, No. 3, var. 2, *fuscata* Raf. l.c., p. 294.

The type is A. N. S. P. Coll. No. 20,219, from the Kentucky River, only one valve.

Length 46.5, height 28, diam. 8 mm.

This is *Symphynota viridis* Conr. (1836) of Simps. Synops., p. 663, Descr. Catal., p. 484.

Unio dilatata Raf.

Unio dilatata (Elliptio dilatata) Raf. Monogr. (1820), p. 297, No. 11.

The types are A. N. S. P. Coll. No. 20,248, from the Kentucky River.

Length 76.5, height 42, diam. 24 mm.

Another specimen, No. 20,236.

Length 102, height 49, diam. 30 mm.

Obliquaria sinuata (Unio sinuata) Raf. Monogr. (1820), p. 321, No. 67.

The type is A. N. S. P. Coll. No. 20,252, from the Kentucky River.

Length 110, height 61, diam. 37 mm.

These shells are *Unio gibbosus* Bar. (1823) of Simps. Synopsis, p. 703, Descr. Catal., p. 597. This is not *Unio gibbosus* Raf. Monogr. (1820), p. 315, No. 56.

Unio crassidens Lam.

Unio nigra (Elliptio nigra) Raf. Monogr. (1820), p. 291, No. 1, Pl. 80, figs 1, 2, 3, 4.

The type is A. N. S. P. Coll. No. 20,243, from the Ohio River.

Length 73, height 47, diam. 30.5 mm.

This is *Unio crassidens* Lam. (1819) of Simps. Synops., p. 706, Descr. Catal., p. 606.

Unio buxeus Lea.

Unio pusilla Raf. (1820), p. 308, No. 39, is earlier than *Unio pusillus* Lea (1840), but *Unio buxeus* Lea (1852) can be used for the species, Simps. Synops., p. 708, Descr. Catal., p. 611.

Pleurobema clava Lam.

Unio elliptica (Elliptio elliptica) Raf. Monogr. (1820), p. 296, No. 8.

The type is A. N. S. P. Coll. No. 20,213.

Length 34, height 29, diam. 29.5 mm.

Obliquaria scalenia (U. scalenia) Raf. Monogr. (1820), p. 309, No. 42, Pl. 81, figs. 24, 25.

The type is A. N. S. P. Coll. No. 20,229, from Ohio.

Length 54, height 35, diam. 26 mm.

Pleurobema cuneata (Unio cuneata) Raf. Monogr. (1820), p. 313, No. 52.

The type is A. N. S. P. Coll. No. 20,228, from the Ohio River.

Length 65, height 45, diam. 31 mm.

These shells are all *Pleurobema clava* Lam. (1819) of Simps. Synops., 745, Descr. Catal., p. 735.

I believe *Pleurobema mytiloides* (*U. mytiloides*) Raf. Monogr. (1820) p. 313, No. 51, Pl. 82, figs. 8, 9, 10, is also *P. clava* Lam., but unfortunately the type is not in the collection here.

Pleurobema cyphia Raf.

> *Obliquaria cyphya* (*U. cyphia*) Raf. Monogr. (1820), p. 305, No. 29.

The type is A. N. S. P. Coll. No. 20,239, from the Ohio River. Length 83, height 58, diam. 36 mm.

This is *Pleurobema æsopus* Green (1827) of Simps. Synops., p. 764, Descr. Catal., p. 806.

Quadrula costata Raf.

> *Amblema costata* (*Unio costata*) Raf. Monogr. (1820), p. 315, No. 57, Pl. 82, figs. 13, 14.

The type is A. N. S. P. Coll. No. 20,246, from small creeks in Kentucky.

Length 66, height 53, diam. 24 mm.

This is *Quadrula undulata* Bar. (1823) of Simps. Synops., p. 569, Descr. Catal., p. 819.

Quadrula cylindricus Say.

> *Unio solenoides* (*Elliptio solenoides*) Raf. Monogr. (1820), p. 298, No. 13.

The type is A. N. S. P. Coll. No. 20,204, from the Ohio River. Length 73, height 32.5, diam. 27 mm.

This is *Quadrula cylindricus* Say (1816) of Simps. Synops., p. 773, Descr. Catal., p. 832.

Quadrula metanevra Raf.

> *Obliquaria metanevra* (*Unio metanevra*) Raf. Monogr. (1820), p. 305, No. 30, Pl. 81, figs. 15, 16.

The types are A. N. S. P. Coll. No. 20,238, from the Ohio River. Length 87, height 68, diam. 51 mm.
Length 31, height 27, diam. 12 mm.

This is *Quadrula metanevra* Raf. of Simps. Synops., p. 774, Descr. Catal., p. 834.

Quadrula quadrula Raf.

> *Obliquaria quadrula* (*Unio quadrula*) Raf. Monogr. (1820), p. 307, No. 35.

This shell is A. N. S. P. Coll. No. 20,224, from the Salt River. Length 60, height 49, diam. 31 mm.

This is *Quadrula lachrymosa* Lea (1828) *var. asperrima* Lea (1831) of Simps. Synops., p. 776, Descr. Catal., p. 842.

Quadrula pustulosa Lea.

> *Obliquaria retusa* (*Unio retusa*) Raf. Monogr. (1820), p. 306, No. 32, Pl. 81, figs. 19, 20.

The type is A. N. S. P. Coll. No. 20,220, from the Green River, one valve.

Length 31, height 26, diam. 7 mm.

This is probably *Quadrula pustulosa* Lea (1831) of Simps. Synops., p. 780, Descr. Catal., p. 848.

This is not *Unio retusa* Lam. (1819).

Quadrula pustulosa pernodosa Lea.

Obliquaria bullata (*U. bullata*) Raf. Monogr. (1820), p. 307, No. 36.

The type is A. N. S. P. Coll. No. 20,250, from the Kentucky River

Length 54, height 52, diam. 28.5 mm.

This is *Quadrula pustulosa pernodosa* Lea (1845) of Simps. Synops., p. 780, Descr. Catal., p. 851. This name *U. bullata* Raf. is preoccupied by *Unio flexuosa var. bullata* Raf. Monogr. (1820), p. 307, No. 33, var. 1.

Quadrula nodulata Raf.

Obliquaria nodulata (*Unio nodulata*) Raf. Monogr. (1820), p. 307, No. 34, Pl. 81, figs. 17, 18.

The types are A. N. S. P. Coll. No. 20,225, from the Kentucky River.

Length 51, height 43.5, diam. 31 mm.

Length 29.5, height 21.5, diam. 8 mm. (one valve).

This is *Quadrula pustulata* Lea (1834) of Simps. Synops., p. 781, Descr. Catal., p. 856.

Quadrula flava Raf.

Obliquaria flava (*U. flava*) Raf. Monogr. (1820), p. 305, No. 28, Pl. 81, figs. 13, 14.

The type is A. N. S. P. Coll. No. 20,230, from small creeks in Kentucky.

Length 46, height 36, diam. 18 mm.

This is *Quadrula rubiginosa* Lea (1829) of Simps. Synops., p. 786, Descr. Catal., p. 872.

Quadrula obliqua Lam.

Obliquaria lateralis (*U. lateralis*) Raf. Monogr. (1820), p. 310, No. 43.

The types are two valves, A. N. S. P. Coll. No. 20,247, from the Kentucky River.

Length 75, height 67, diam. 20 mm.

Length 71, height 62, diam. 20 mm.

This is *Quadrula obliqua* Lam. (1819) of Simps. Synops., p. 788, Descr. Catal., p. 881.

Quadrula rubra Raf.

Obliquaria rubra (*U. rubra*) Raf. Monogr. (1820), p. 214, No. 51.

The type is A. N. S. P. Coll. No. 20,237.

Length 87, height 66, diam. 40 mm.

This is *Quadrula pyramidata* Lea (1834) of Simps. Synops., p. 790, Descr. Catal., p. 888.

Quadrula cordata Raf.

Obovaria cordata (*Unio cordata*) Raf. Monogr. (1820), p. 312, No. 50, Pl. 82, figs. 6, 7.

The type is A. N. S. P. Coll. No. 20,221, one valve, from the Ohio River.

Length 61, height 63, diam. 19 mm.

This is *Quadrula plena* Lea (1840) of Simps. Synops., p. 790, Descr. Catal., p. 886.

Quadrula sintoxia Raf.

Obliquaria sintoxia (*Unio sintoxia*) Raf. Monogr. (1820), p. 310, No. 44.

The type is A. N. S. P. Coll. No. 20,208, from the Ohio River.

Length 97, height 71, diam. 41.5 mm.

This is *Quadrula subrotunda* Lea (1831) of Simps. Synops., p. 791, Descr. Catal., p. 892. *Unio subrotunda* Lea (1831) is preoccupied by *Unio subrotunda* Raf. Monogr. (1820), p. 308, No. 38.

Quadrula obovalis Raf.

Obovaria obovalis (*Unio obovalis*) Raf. Monogr. (1820), p. 311, No. 45.

The type is A. N. S. P. Coll. No. 20,224, from the Ohio River.

Length 41, height 46.5, diam. 29 mm.

This is *Quadrula ebenus* Lea (1831) of Simps. Synops., p. 793, Descr. Catal., p. 897.

Quadrula tuberculata Raf.

Obliquaria tuberculata (*U. tuberculata*) Raf. Monogr. (1820), p. 308, No. 37.

The type is A. N. S. P. Coll. No. 20,215, from the Ohio River.

Length 59, height 54, diam. 29 mm.

This is *Quadrula tuberculata* Raf. of Simps. Synops., p. 795, Descr. Catal., p. 903.

The following names are proposed by Prof. Rafinesque in Monogr. (1820) which are not mentioned in Simpson's Synopsis: *Unio alternata* p. 294, *angulata* p. 315, *aurata* p. 295, *decorticata* p. 302, *difformis* p. 315, *fasciolata* p. 312, *fusca* p. 293, *fuscata* p. 294, *lineata* p. 314 (not Gmel. 1792), *longa* p. 304, *maculata* p. 293, *marginata* p. 311, *nigrescens* p. 309, *nigrofasciata* p. 294, *obliterata* p. 304, *olivacea* p. 295, *pallida* p. 314, *radiata* p. 294, *rosea* p. 311, *semiradiata* p. 295, *teres* p. 312, *vermiculata* p. 301, *zonalis* p. 297, *Lampsilis pallida* p. 299, *rosea* p. 299; *Anodonta atra* p. 316, *cuncata* p. 316, *mutabilis* p. 317, *nigrescens* p. 317, *radiata* p. 317 (not Müll. 1774), *violacina* p. 317.

Unio rafinesquei n. n.

I propose the name *Unio rafinesquei* for *Unio fuscatus* Lea, Obs. iv, p. 35, Pl. 40, fig. 4 (not *U. fuscata* Raf. 1820); Simps. Synopsis, p. 717; Descr. Catal., p. 643.

Pleurobema simpsoni n. n.

I propose the name *Pleurobema simpsoni* for *Unio striatus* Lea, Obs. iii, p. 41, Pl. 12, fig. 16 (not *U. striata* Raf. 1820); Simps. Synopsis, p. 762; Descr. Catal., p. 795.

Pleurobema conradi n. n.

I propose the name *Pleurobema conradi* for *Unio maculatus* Conr. New. F. W. Shells (1834), p. 30, Pl. 4, fig. 4 (not *U. maculata* Raf. 1820); Simps. Synops., p. 746; Descr. Catal., p. 737.

DECEMBER 21.

The President, SAMUEL G. DIXON, M.D., LL.D., in the Chair.

Twenty-seven persons present.

The Chair announced the death of Geo. D. McCreary, a member, July 26, 1915.

The Publication Committee reported the reception of a paper entitled, "Revising of Cayuga Lake Spiders," by Nathan Banks (December 2).

The following was ordered to be printed:

www.ingramcontent.com/pod-product-compliance
Lightning Source LLC
Chambersburg PA
CBHW032102010726
47493CB00008B/2497